井原忠政

角川春樹事

序章　朝、川原で

「お前、読み書きはできるのか」

「ま、読むぐらいは、なんとかかね」

　菅笠（すげがさ）を目深（まぶか）に被（かぶ）った武士の問いかけに、褞袍（どてら）を羽織（はお）った若い男が答えた。

　二人の息が白い。人影のない川原には濃い霧が立ち込めていた。ただ、見上げた空には雲一つないから、寒いが好天の一日となりそうだ。

「つまり字は書けない、と？」

「樵（きこり）に学問は要らねェから」

　荒瀬を越える水音だけが響く、山里の静かな朝だ。

「この話を、誰（だれ）かにしたかね？」

「いんや」

　褞袍男が首を振った。その額には、横一文字の傷痕が残る。

「お前、家族は」

「一人者だよ」

「親ぐらいおるだろう」

「早くに死に別れた」

「あ、そう」

ツピー、ツッピ、ツッピー。

四十雀の囀りだ。まだまだ寒いが、鳥たちは春が近いことを知っている。

「旦那、なぜそんなことを訊くんだ」

「そりゃ訊くさ」

菅笠の武士が、懐から鹿皮の小袋を取り出し、したり顔で振ってみせた。チャラチャラと金属製の音がし、縕袍男はゴクリと固唾を飲み込んだ。

「もしお前が、方々でこの話を言い触らしているなら、ワシ一人が銭を出す必要はないわけでさ」

「そこは信じとくれ。誰にも喋ってねェ。このことを本人たち以外で知ってるのは、旦那と俺だけだよ」

「ワシとお前だけか？」

「そうだ」

「確かだな？」

「うん」

「それを聞いて安心したよ」

と、やおら武士は鹿皮の小袋を逆さにして振った。袋の中から一分金（約一万五千円）と二朱金（約七千五百円）数枚が川原の礫（こいし）の上へ落ち、チャリンチャリンと煽情（せんじょう）的な音をたてた。

「な、なにすんだよォ」

褞袍男が慌てて、金貨を拾おうとしゃがみ込む。

「すまん、手が滑ったのだ」

武士は、銭を拾う若者の背後へと回り込んだ。周囲に人影がないことを確認すると、腰の大刀に手を伸ばした——が、止（や）めて、褞袍男の背中に抱き着いた。

「え？」

若者は驚いて顔を上げたが、その首と頭を太い腕で押さえ込み、それぞれ逆の方向へと強く捻（ひね）った。

グキッ。

褞袍男は声もなく頽（くずお）れ、そのままぴくりとも動かなくなった。目を見開いたまま、頭をあらぬ方向へ捻じ曲げて横たわっている。首の骨を外されたようだ。

武士は立ち上がり、もう一度周囲を確認した後、ホッとしたように深い溜息を漏らした。散らばった金貨を一枚ずつ拾い上げ、幾度も枚数を確認してから、鹿皮の袋へ慎重に戻した。

十間（約十八メートル）ばかり離れた場所に、土橋が架かっており、川原との高低差が一間半（約二・七メートル）ほどある。

武士は、縕袍男の遺体を軽々と担ぎ上げ、土橋の下まで運び、転がした。

遺体に向かって瞑目合掌――

「ナンマンダブ、ナンマンダブ。ワシを恨むなよ。恨むなら……ま、いいか」

そう呟いてから、機敏に殺しの現場を離脱した。

人撃ち稼業

主な登場人物

玄蔵　丹沢の猟師。熊や猪を一発で倒す鉄砲名人。

希和　玄蔵の妻。平戸出身で元は廻船問屋平戸屋の女中。

誠吉　玄蔵と希和の長男。寡黙でしっかり者。

お絹　玄蔵と希和の長女。饒舌で気が利く。

平戸屋佐久衛門　外神田の廻船問屋の主人。銃器の調達人。希和の元雇い主。

多羅尾官兵衛　御公儀徒目付。鳥居耀蔵配下。

鳥居耀蔵　御公儀目付。水野忠邦の腹心。

千代　江戸での玄蔵の身の回りの世話役。

目次

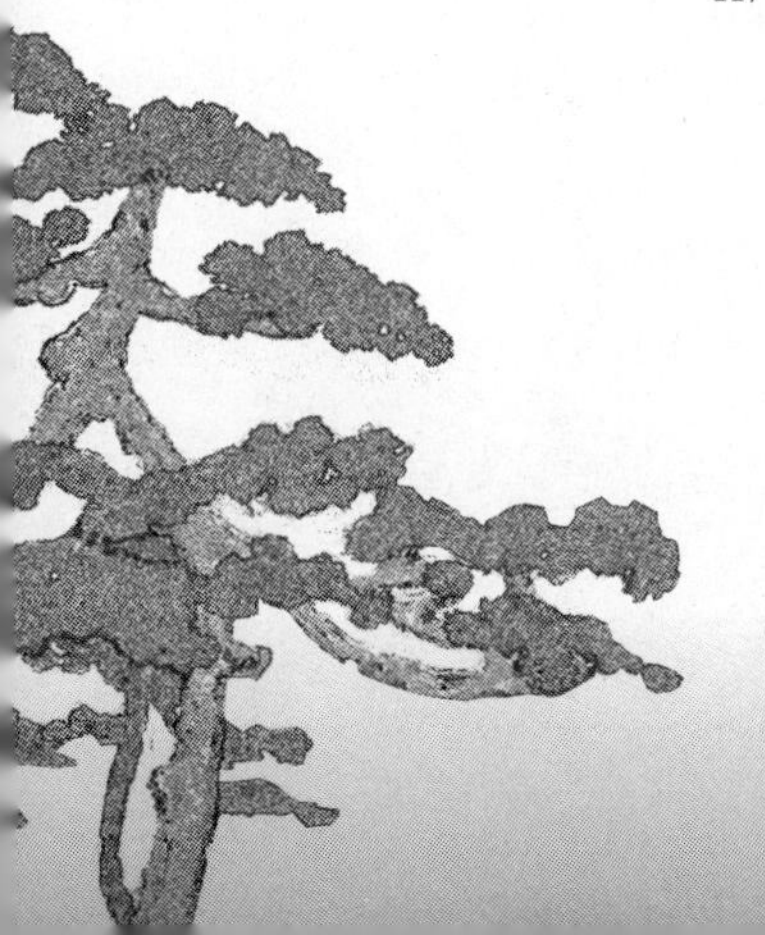

第一章　罠に落ちた狩人

一

天保十二年（一八四一）の一月中旬――ところは、相州丹沢山中。

その大きな足跡は、オバケ沢の源流部から、稜線へと向かう急斜面を真っ直ぐに上り始めた。心なしか歩幅も広がったように思える。

（あれま、感づかれたか）

玄蔵は思わず舌打ちし、歩を速めた。

熊が本気で先を急げば、よほど達者な猟師でも、なかなか追いつけるものではない。諦め半分で、喘ぎながら急勾配を上った。この時季、雪崩は怖かったが、ここは相模国だ。北国ほどの深雪ではない。雪崩もそれなり――もしかして、すぐその先の窪地に「黒いお宝」が屈んでいるかも知れない。欲と二人連れ、どうしても諦めきれず、玄蔵は若さと健脚に物を言わせ、どんどん斜面を上っていった。

悪いことに、途中から足跡は、左右が揃い始めた。右前足と左前足の跡が仲良く横に並んでいる。熊が走っている証だ。さすがの玄蔵も足を止めた。

雪山で、走り出した熊を尾行ても意味がない。人が追いつけるはずがない。

肩で息をしながら雪の斜面に立ち、しばらく思案に暮れた。流れた汗が、菅笠の顎紐から垂れて凍り、氷柱となっている。

（どうするか……ま、ここまで来たんだからなァ）

せめて尾根筋までは上ろうと決めた。肩の洋式銃を背負い直し、改めて急登に挑んだ。

足跡は、塔ノ岳から丹沢山へと連なる稜線の鞍部を抜けると、歩幅が狭まり、緩々と遊びながら箒杉沢の方向へと下っていた。

（よかった。歩いとるわ）

熊は、玄蔵の追跡に気づいて走ったわけではなく、単に上り坂を遮二無二急いだだけだったようだ。玄蔵は足を止め、息を整えながら尾根筋からの景色を見回した。

十里（約四十キロ）西には、真っ白い富士山が聳え、南には青々と相模湾が広がっている。四半里（約一キロ）北には、丹沢山のなだらかな頂が望まれた。

玄蔵は雪上に這いつくばい、少しでも多くの消息を読み取ろうと、熊の足跡を覗き込んだ。雪片や枯葉一つ入っていない綺麗な足跡である。いくら気温が低いとはいえ、好天の陽光に照らされたにもかかわらず、雪の縁が鋭く切り立っている。総じて、熊が行ってから然程の時は経っていないはずだ。

「およそ、半刻（約一時間）前か？」

玄蔵は、低い声でポツリと呟いた。

山に入ると、なぜだか独り言が多くなる。

本来ならば、獣に猟師の存在を知らせるようなもので、咳や嚔、喫煙と並び、戒めるべき悪癖だ。しかし、これが治らない。一人猟は孤独だ。つい人語に飢えるのかも知れない。猟師の仲間からは「熊獲り名人」とか「鉄砲玄」などと呼ばれ一目置かれる玄蔵だが、齢は二十八歳だ。まだまだ未熟で、直すべきところはたんとある。

（それにしても、でかい熊だね）

前足の幅が四寸（約十二センチ）以上ある。三十貫（約百十三キログラム）は下るまい。越冬明けで三十貫なら、脂肪を蓄えた秋口には四十貫（約百五十キログラム）に迫るだろう。本州の月ノ輪熊としては最大級、滅多にいない大物だ。伊勢原の家から三里（約十二キロ）以上も離れてしまったが、まだ陽は高いし、気力は充溢している。体調も万全だ。玄蔵は、もう少しこの大きな獲物を追ってみることにした。

嘗(な)めて濡(ぬ)らした人差指を頭上に立て、風向きを確認する。

風は谷底から吹き上げている。熊が斜面を下って行った方向だ。これなら、熊の後方から追いかける玄蔵の臭(にお)いを取られる心配はない。そもそも熊は——知恵のある獣はどれも同じだが——風上に向かって歩くものである。自分が進む方向に外敵が潜んでいないか、逆に餌(えさ)の存在なども風が教えてくれるからだ。

(陽が傾くようなら、その時諦めて戻ればいい。追えるところまで追おう)

傍らの雪を摘まんで口に含み、鉄砲を担ぎ直すと、ゆっくり腰を上げ斜面を下り始めた。富岳の山頂が、少しずつ手前の稜線の陰に沈んでいった。

冬から早春にかけては、猟師にとっての書入れ時だ。

雪上の足跡は見失う心配がないし、下草が雪に潰(つぶ)され、藪漕(やぶこ)ぎの苦労もない。熊や鹿(しか)の姿も、背景が雪だと遠くの尾根筋からでもよく目についた。さらに、毛皮は深く豊かで肉には脂が乗っている。

ツピー、ツツピーツツピー。

四十雀(しじゅうから)が、すぐそばの梢(こずえ)で囀(さえず)り始めた。木々の根元の雪は円く溶け、黒い土が覗いて見えている。所謂(いわゆる)「根開き」だ。

（お……）

　ここまで迷いなく真っ直ぐに下っていた熊の足跡が、辺りをしばらくウロウロと歩き回った後、今までの進路から直角に曲がり、斜面に沿って北方へ、山奥へと向かっていた。左右の手足が揃った足跡が、間隔を開けてポツンポツンと残されている。走って逃げたのだ。

（糞ッ、気づかれたか）

　足跡を辿って雪の中を駆け出した。


　熊の足跡は、五町（約五百四十五メートル）も進むと、両手両足が揃わなくなった。走るのを止めたようだ。足跡は、樅が幾本か立て込んだ薄暗い木立の中を突っ切り、小高い丘を越え、その彼方へと続いていた。もう急いではいない。落ち着き払った、ゆったりとした足取りだ。疲れたから熊は歩き出した――ということはまずない。一里（約四キロ）や二里は走り続けるだけの体力を秘める獣だ。

（ならば、なんで歩き出した？）

　心の中で誰かの声が「待ち伏せだ」「逆襲してくるぞ」と囁いた。

（ん……）

気づけば鳥の声が止んでいる。静寂の林道だ。曰く言い難い、実に嫌な気分である。猟師の研ぎ澄まされた感覚が、玄蔵に危険を告げていた。

彼は、自慢の洋式銃を肩からゆっくりと下ろした。

ゲベール銃――滑腔銃身（ライフル施条がない）の先込め式マスケット銃だ。銃器としての原理は、伝統的な火縄銃と変わらないが、火縄は使わず火打金（フリントロック）で着火する仕組みが新しい。

手早く銃口から玉薬と弾丸を込め、槊杖で突き固めた。撃鉄を少し起こし、発条式の金具を持ち上げて口薬を盛った。さらに撃鉄を目一杯に起こして、これで準備完了。引鉄を引けば発砲に至る。

この場所からは、小高い丘の向こう側が見通せない。あの死角に熊が身を伏せていると危ない。

玄蔵は腰だめにゲベール銃を構え、ゆっくりと前進した。今はもう足跡を目で追ってはいない。前後左右に首を振り、熊の急襲に備えながら慎重に進んだ。

ググッ。ググッ。

やはり鳥の声はしない。雪を踏む音だけが、深山に低く響いた。

風は巻いている。首筋が寒いところからすると、玄蔵の背中に吹き付けているらしい。彼の汗の臭いは、熊が隠れているであろう方向へと流れていっている。

（嫌な感じだ）

自分を落ち着かせるために「ふう」と長く息を吐いた。鉄砲の機関部を、左掌でトントンと軽く叩いた。これは不発を予防する技だ。口薬が細い穴を通って銃身の内部にまで達していないと不発になる。振動を与えることで穴に火薬が満ちるのだ。

（よしッ。いくべ）

腹を括り、丘の横から首をヒョイと伸ばした。熊の姿はなかった。

「あッ」

玄蔵は呆然と立ち尽くした。冷や汗が背中を伝い流れた。

丘の向こう側には処女雪が広がっていたのだ。雪上の足跡がプツリと途絶えている。

熊は何処へ行った？

天に上ったか、地に潜ったか——否々、そんなはずはない。

おそらくは「止め足」であろう。

熊、狐、兎などは、追跡されていることに気づくと、己が足跡の上を踏んで十間（約十八メートル）近くも後退し、脇へ大きく跳んで身を隠す。追跡者は、追っていた足跡が急に姿を消すので動転し右往左往する。その隙に、獣はまんまと逃げ果せるのだ。

危険なのは――獣が「逃げなかった場合」であろう。

己が膂力に自信のある熊は、逃げずに、背後から猟師に襲いかかってくることも多い。十間の距離を、大熊なら四跳ねか五跳ねで駆け抜ける。一方、先込め単発式のゲベール銃に、二の矢はない。正面から突っ込んでくる熊を、一発で即倒させるなら、狙点は眉間の一択だけだ。激しく上下に揺れる二寸（約六センチ）の的に必中させせねばならない。そこを外せば、熊は倒れず、半狂乱となって襲いかかってくる。

（こりゃ、命懸けの一発勝負になりそうだわ）

玄蔵は、前を向いたまま動かずにいた。不用意に振り返れば、熊の襲撃を誘発しかねない。只々、全神経を集中させて背後の気配を探っていた。

玄蔵の右手が山側で、左手が谷側だ。襲う熊は必ず高い場所から低い方へ駆け下りようとする。つまり、熊が身を隠すとすれば、玄蔵の右後方だ。樅の大木の根方にでも屈んで、間抜け面をして前をゆく猟師をやり過ごしたのだろう。

（慌てて撃てば俺の負けだわ。十分に引きつけて、急所に銃口を押し当てるようにして撃つ。それしかかねェ）

熊が人を襲う場合、圧し掛かるか、抱き着くかして相手を倒し、首か頭を齧ってくることが多い。人より大きな熊なら圧し掛かるし、小柄な熊は抱き着いて倒す。どちらにせよ、突っ込んでこられて勢いそのままに押し倒され、上に乗られるのが一番怖い。もうその時点で負け——死あるのみだ。

玄蔵の一間（約一・八メートル）左手に、栂の巨木が聳えていた。

（この木を盾にしよう。一旦、熊の勢いを止め、後は幹の周辺を鬼ごっこしながら、隙を見てドンと脳天を吹き飛ばしてくれる）

動く前に、まずゲベール銃を点検した。撃鉄がきちんと起きているか。発条金具の下の口薬がこぼれていないかなどを確認した。

（よ〜し、やるか）

動けば、必ず熊は突っ込んでくる。一瞬の勝負になる。

ツピー、ツツピーツツピー。

「え？」

一瞬、脱力した。

四十雀だ。四十雀が近くの梢で鳴き始めた。後を追うようにして、他の小鳥たちも囀り始める。長閑な雪山の午後だ。小鳥たちは敏感である。銃を提げた猟師と、大熊が対峙している現場で囀ることはない。

（つまり、熊はおらんのか？）

確かに、最前まで周辺に漂っていた殺気が消えている。熊が潜んでいたのは、間違いないと思われるが、少なくとも今はいない。つまり、熊は逃げたのだ。

振り向きざま、玄蔵は駆け出した。

怪しいと睨（にら）んでいた樅の大木まで雪を蹴立（けた）てて走って行き、辺りを調べた。根方に、大きな雪の窪みを見つけた。そこから走った足跡が斜面を上っており、小尾根を越え、向こう側へと消えている。

（最初、熊はここに屈んで俺を待ち伏せしてた。その時までは襲うつもりだったんだ。でも、気が変わった）

理由は分からないが襲撃を思い止（とど）まり、小尾根に向けて今逃げ出したばかりだ。玄蔵は、樅が並んだ斜面を駆け出した。

「はあ、はあ、はあ」

雪の斜面に自分の激しい息遣いが響く。一気に斜面を上り切り、眼下を見渡した。小尾根の向こう側も、千古斧鉞（せんこふえつ）を知らぬ深い森が続いている。

いたいた。

木々を透かして、雪上を漆黒の獣が走っていく姿が窺（うかが）える。未明から足跡を追ってきたが、姿を見るのは今が初めてだ。見事な大熊である。

　玄蔵は、息を整えながら銃を構えた。

　距離は一町（約百九メートル）。ゲベール銃の射程と彼の腕なら狙える。ただ、熊が木々の間を駆け抜ける一瞬しか見通せない。当てるのが精一杯。急所までは狙えない。弾が当たって、熊がまだ動けるようなら、逆襲を受ける危険性がある。距離一町の雪の上り斜面――あの熊なら五呼吸（約十五秒）の内にここまでやってくるだろう。その間に、次弾を装塡し二の矢を射掛けることができようか。

（え～い、ままよ）

　と、照準した。

　風は、右から左に弱く吹いている。若干右下に沈み込むのが、この銃の癖だ。「撃ち下ろし」であることも考慮せねばならない。撃ち下ろしの場合、着弾は伸びるから、わずかに下を狙うぐらいで丁度いい。

　総合的に計算して、走る熊の体高の三倍上、やや前方の虚空を狙って引鉄を引いた。撃鉄が振り下ろされ、玄蔵の目の先六寸（約十八センチ）で火打金が盛大に火花を発した。一拍おいて――

　ドン。

雪山での銃声は、音が雪に吸収されるので、悲しいほどに淡泊だ。

一町先で熊が転がるより前に、玄蔵は次弾の装塡にかかった。この一発で「逝ってくれるかも」との期待はなくもなかったが、「即倒しなかった」との前提で次弾の準備をするのが鉄砲猟師の心得だ。

早合を使い、玉薬と弾丸を同時に銃口から押し込んだ。槊杖で突き固めるのがもどかしい。目の端に、熊がこちらへ雪を蹴立てて駆けてくる姿が映った。やはり即倒とはいかなかったようだ。後は、次弾装塡と熊の脚力の競争だ。早かった方が生き、遅かった方は死ぬ。もう熊は、すぐそこまで来ている。

（く、糞ッ）

弾丸は込めたが、まだ口薬を盛り、撃鉄を起こさねば撃てない。

ググッ、ググッ。

雪を踏む重い足音が迫る。指先が震えているのか、口薬がこぼれた。狭小な火皿になかなか上手く盛れない。

グッ、グッ、グッ。

駄目だ。間に合わない。

玄蔵は作業の手を止め、樅の大木の陰へと間一髪で潜り込んだ。

ドシン。

大木の反対側に、走ってきた熊が抱き着く音と振動が幹を通して伝わった。

ここでようやく口薬を盛り終わり、撃鉄を起こした。

（よしッ。これでいける。撃てる！）

鉄砲を構え、幹から少し離れた。

（どっちだ、どっちだ？　右から飛び出すか、左から来るか）

足場を固めようと両足を踏ん張った刹那、右足が雪に深くめり込み、玄蔵の体勢が大きく崩れた。

（しまった）

その刹那、ググッと重たく雪が鳴り大木の陰から飛び出した黒い巨獣が跳びかかってきた。

（ああ……世の中、大概がこんなもんだァ。なにか一つでもしくじると、悪運は必ずそこに狙いを絞って突いてきやがる）

不思議に心は澄みわたり、冷静そのものであった。跳躍した大熊は、あたかも空中で制止しているかのように見えた。

（ほう。祖父様の言う通りだ。まさに、黒い布団だわ）

ただ、この布団には両眼があり、その目は怒りに燃えていた。大きな赤い口が迫る。四本の黄色い牙が見えた。あの不浄な牙で嚙み裂かれるのだろうか。銃口を布団の真ん中に向け、引鉄を徐々に引き絞っていった。

（もし、この弾が不発だったらよォ、俺ァこの場で死ぬことになるのか。ま、こんな大熊と戦って死ねるなら猟師冥利に尽きると思わなきゃな……希和には、済まねェけども）

ドーーーン。

弾は出た。

二

三十貫（約百十三キログラム）の大熊を運ぶのに、丸二日を要した。毛皮を剝いだ赤メロの体を幾つかに切り分け、結局、三里の山道を三度往復してすべてを運び終えた。体は綿のように疲れていたが心は軽かった。

雪に深く埋めたつもりだったが、往復する間に、狐に雪を掘られ、腿の一部が食われていた。腿肉は美味い部分で惜しくはあったが、これは一人猟師の宿命でもある。この程度の損失は仕方あるまい。

家の物置で、熊胆を干し、肉塊を精肉となし、生皮を丸太に張り終えた頃には、二日目の陽もとっぷりと暮れていた。手足は石のように重く、体はぼろ布のように疲弊していたが、女房殿に促されて風呂に入った。

「湯加減は如何ですか？」

火吹竹を手に焚付口にしゃがんだ恋女房の希和が、浴室内の亭主に声をかけた。

「極楽だねェ」

所謂「五右衛門風呂」に首まで浸かりながら玄蔵が返した。

浴室の入口に幼い兄妹が座り込み、父の入浴姿を飽かずに眺めている。その小さな手に握られているのは、熊の心臓の焼き串だ。新鮮な心臓は、小さく切って串を打ち、塩を振り、囲炉裏で炙って食えば絶品である。獣の心臓など、誰も気味悪がり売り物にこそならないが、癖もなく実に美味い。猟師とその家族の特権だ。

「美味いか？」

「うん」

六歳のお絹が笑顔で頷いた。

玄蔵の家は相州伊勢原にあった。

日向川を見下ろす高台の一軒家だ。日向川と聞いても馴染が薄かろうが、要は、江戸っ子に大人気の大山詣での際に辿る鈴川の、もう一つ北側の沢である。沢筋に沿って集落が続き、途切れ、さらに五町（約五百四十五メートル）ほど上った森の中にポツネンと一軒きり立っていた。人里から離れた辺鄙な住まいだ。

玄蔵が特段に偏屈ということもないのだが、鉄砲猟師という職業柄、集落の中に住んでも、なにかと周囲から「浮いて」しまうことが多い。

理由はいくつかあった。

まず、鉄砲だ。江戸開闢以来二百数十年、戦乱のない平和な時代が続いている。人々は安寧に慣れ、たとえ諍いがあったとしても、素手で殴り合うのが関の山。近隣での刃傷沙汰などほとんど聞かない。そんな穏やかで平和な山里に、一人「鉄砲撃ち」という物騒な人種が交じるのだ。周囲が警戒しないはずがない。

次に、獲物だ。猟師の生業は殺生である。獲物の肉を食らうにしても、毛皮をとるにしても、生き物の軀を切り刻まねばならない。事情を知らぬ者が、偶さか解体現場を見れば腰を抜かすほどの凄惨さだ。また、腹を裂くので臭いが酷いし、蠅や蚊も湧く。近所迷惑なこと夥しい。

さらに、宗教上の理由もあった。

大山には石尊大権現（現在の大山阿夫利神社）が、日向には白髭神社（現在の日向神社）があり、その神域での狩猟は憚られた。玄蔵は寺社地の外で狩りをするようにしていたから問題はないが、やはり若干の遠慮がなくもなかった。

では、村人から忌み嫌われ、疎外されていたのかといえば、そうでもない。

「鹿や猪、ときには猿も田畑を荒らすしなァ」

「熊や山犬（狼）が出れば、追い払ってもらわねばならねェ」

そんなとき、村人にとって鉄砲猟師は頼りになる存在だ。

「鹿や猪、兎の肉は美味い。へへ、あっちの方も精がつくから、嬶が喜ぶんだわ」

玄蔵が獲物の肉を持っていくと、村人は大喜びで米や野菜と交換してくれたものだ。ま、総じて、猟師と村人は共存共栄、付かず離れずの関係性を保ち、上手くやって暮らしている。

翌朝、玄蔵は熊の背肉と腿肉を大量に背負い、倅と娘を連れて里に下りた。知り合いの家を回って肉を配るつもりだ。穴籠り明けの熊は痩せて、脂肪こそ少ないが、三十貫（約百十三キログラム）の熊からは九貫（約三十四キログラム）ほどの肉がとれる。歩留まりは大体三割だ。保存用に塩や味噌に漬け込んだりもするが、妻と幼い子供の四人家族では、とても食べきれる量ではない。腐らせる前に売ったり、隣人に配ったりするのだ。

「玄蔵さん、済まないねェ。あんたの肉は臭みがなくて美味いから」

「父(とと)さんはね、熊獲るとすぐに冷やすんだ。だから臭くないの」

幼いお絹が、寡黙な父に代わって答えた。

「そうかい、冷やすのかい。ハハハ、そりゃ魂消(たまげ)たなァ」

子供好きの農夫が、お絹の目の高さまで小腰を屈めて相好を崩した。

熊肉に限らないが、獣は獲った後の処理の仕方次第で、肉の味が大分違ってくる。雪がある頃なら、撃ってすぐに腹を裂き、内臓を出して雪を詰める。雪がない時季なら川に沈めて冷やすことまでする。肉の温度を早く下げれば下げるほど、臭みは出ない。美味い肉が取れる。

「あ、玄蔵さん、聞いたかね。下藤野(しもふじの)の末松(すえまつ)のこと？」

「末松さん、どうかしましたかい？」

玄蔵の腰にまとわり付き、戯れていた長男で七歳の誠吉(せいきち)とその妹のお絹が、急に大人しくなった。

「一昨日(おととい)だか、死んだってよ」

誠吉が、硬直した表情で走り去り、お絹は父の太腿(ふともも)に縋(すが)りついた。子供たちのこの反応はなんだろうか？

（ま、子供のことだ。気にするほどのことはあるまい）

と、高を括った。

下藤野の末松は、山仕事を生業としていたが、素行が悪く、あまりよい噂は聞かない。山道ですれ違えば会釈を交わす程度の付き合いだから、特に悲しいということも、切ないということもなかった。

「首の骨を折ったらしいわ」

「じゃ、事故だね？」

「多分な。橋の下に転がっていたそうだから、落ちたのかな？」

「へえ」

あまり興味はない。どうでもいい。末松は「酒癖が悪い」と人の噂によく聞いた。大方、酔って足でも踏み外したのだろう。

「あんたも山仕事なんだから、気を付けて下さいよ」

「母さんが、デウスにお祈りしてるから大丈夫なの」

お絹が大人同士の会話に、真剣な眼差しで介入してきた。

「で、でうす？」

「ああ、ダイズのことだよ」

玄蔵が一歩踏み出し、娘と農夫の間に割って入った。

「大豆と熊肉を味噌で煮ると美味いもんだ。ネギやニラを入れると臭みも消える。大豆はいいです。その話だよ」

一気にまくしたてた。

「へえ、だ、大豆と熊肉か……合うのかねェ」

日頃は寡黙な猟師が、血相を変え、饒舌に喋り始めたのに驚いた農夫が、目をパチクリと瞬かせた。

「よく合う。大豆が一番だ。大豆が」

「う、美味そうだな。干した大豆があるから、うちもやってみようかな」

当惑気味に農夫が応じた。

「ご、御免なさい」

幼いお絹が、涙声で謝罪した。強く叱ったつもりはないのだが、つい語気が荒くなり、娘を怯えさせてしまったようだ。彼女の手を引き、日向川に沿った坂道をゆっくり上りながら、玄蔵は少し後悔した。

ただ、やはりデウスは拙い。

「二度とああいうことを、人前で言ってはなんねェぞ」

「ふェい」

しゃくり上げながら頷いた。子供ながらに分かってはいるのだ。

お絹は、母親の希和に似て容姿が優れている。娘盛りになったら、さぞや別嬪になるに相違ない。それは大いに楽しみなのだが、少しだけお喋りが過ぎる。去年の暮れ頃から「大人しくなったか」と喜んでいたのだが、最近は元の木阿弥で、またよく喋るようになった。自分も妻の希和も、口数の少ない性質だから、一体全体誰に似たのだろう。

（ま、姉さんだろうなァ）

二歳上の姉は山暮らしを嫌い、秦野の商家に奉公した。気さくで明るいところを気に入られ、若旦那の嫁として迎えられたのだ。今では立派な女将さんとなり、二十人からの奉公人を差配している。その姉がよく喋ること、喋ること。玄蔵が寡黙な性質になったのは、姉が口を挟む余地を与えてくれなかった所為かも知れない。お絹の饒舌はきっと――や、間違いなく伯母の血だ。

肉のお礼にと、数軒の農家から分けてもらった大量の米や野菜を三人で分けて背負い、沢に沿ってゆっくり上った。
丹沢山の山頂と玄蔵の住む山里では高低差が五百丈（約千五百メートル）もある。気温も大分違い、現在の単位で言えば九度ほどの気温差があった。この時季、山奥はまだ雪景色なのだが、里に雪はなく、もう梅が咲いている。

「な、誠吉よ」

「うん？」

手を繋(つな)いで歩く父と妹から少し遅れ、俯(うつむ)きがちに付いてくる長男が顔を上げた。

「お前(め)ェが兄貴なんだからよォ。妹の面倒もちゃんと見ねば駄目だぞ」

「うん。でも大丈夫だよ。いつもはデウスなんて、こいつも言わないから。な、お絹？」

前を歩く妹が深く頷いた。

この長男の方は、玄蔵に似て口数が少ない。なかなか剽悍(ひょうかん)だし、冷静で頭も悪くない。猟師としての適性は十分だ。玄蔵にすれば、後を継いで欲しいところだが、どうだろうか。

武家や農家には、継ぐべき領地や田畑がある。商人が店を構えれば、これまた跡取りが必要だ。その点、猟師には「家業に付帯した土地や建物」はない。受け継ぐ物品と言えば鉄砲ぐらいだ。父祖から承継した技術や知識を「倅に継がせたい」との気持ちはあるが、所詮は無形の資産で、絶対的なものとは言い難い。その点では職人を生業とする家の事情とよく似ている。ただ、危険度や辛さ、厳しさは職人の比ではないから、無理強いすることは憚られた。

（よほど好きでもなければ、続かねェ生業だからなァ）

そう理解している。自分が猟師になったのも、父や祖父が望んだからではなく、自分がなりたいと思ったからだ。だからこそ続いているし、近隣の猟師仲間から一目置かれる存在にもなれた。もしこれが「家業だから」と無理矢理に――

「お帰り」

畑を耕していた妻が、菅笠を脱いで微笑んだ。家の周囲の斜面を耕し、家族が食べる分の野菜や雑穀を栽培している。

「あれま、たくさんだねェ」

希和は、娘の背中の背負子から荷を下ろしてやりながら、目を見張った。

「お絹、兄さんを手伝ってやれ」

「うん」

お絹は、重たい米の背負子を下ろすのに四苦八苦している兄のところへ向け、駆け出していった。

「吉兵衛さんのとこで、お絹がよ……」

玄蔵はここで周囲を窺い、声を潜めた。

「デウスって」

「まあ……お絹ったら」

美しい妻が眉間にしわを寄せた。

「一応、俺が取り繕ったが、親父さん変な顔してたよ」

「どうも済みません」

妻が夫に、申し訳なさそうに小腰を屈めた。

「あんたが謝ることじゃねェが、気を付けねェと」

「そうですね」

と、深く溜息を漏らした。物憂げに俯いた表情がまたいい。そこに惚れたのだ。

お絹は今年、数えの六歳だ。いくらお喋りでも、後二年かそこらで、長男の誠吉と同様に、外で余計なことは喋らなくなるだろう。もう少しの辛抱だ。

玄蔵の家は、想像される「猟師の家」とは趣を異としていた。茅葺の大きな農家の風情である。間取りは広く、太い柱や堅牢な建具類はよく磨き込まれ、黒々と鈍く光って見えた。曾祖父の代までは杣人として山仕事に従事しており、その頃までは集落の中の藁葺の粗末な小屋に住んでいたと聞く。茅葺と藁葺では、かかる費用も耐久性も大きく違うものだ。以前はよほど貧しい家だったのであろう。

一家の転機は、曾祖父の晩年に訪れた。

老耄し、狩りができなくなった知り合いの猟師にわずかな銭を貸し、その担保流れとして火縄銃を入手したのだ。今も現役で活躍しているが、それは所謂「士筒」と呼ばれる十匁（約三十八グラム）の鉛弾を撃ち出す大口径の鉄砲であった。

まだ若く血気盛んな年頃であった玄蔵の祖父は、その士筒を手に勇躍、丹沢山系へと分け入った。

ちなみに、戦国期の鉄砲足軽がよく使用したのは二匁（約七・五グラム）筒、精々が六匁（約二十三グラム）筒だから、十匁の士筒が如何に強力な得物かが分かるだろう。威力が大きいその分、反動も盛大だから狙いが定まらない。要は「威力は大きいが、なかなか当たらない鉄砲」なのだ。

ここから先は、生前の祖父が幼い玄蔵を膝に乗せ、囲炉裏端で話して聞かせてくれた武勇伝になる。

「ドンと撃つと、銃口が空に向けて一尺（約三十センチ）も跳ね上がりやがる。当たるもんかい」

酔うと祖父は、幾度も同じ話をした。

「十間（約十八メートル）離れると、鹿みたいな大きな獲物にも当たらない。それに一発撃つと、その銃声に怯えて、谷中の獣が姿を消しちまう。こりゃ駄目だ。そう思ったね」

相手は山の獣だ。そもそも、十間の距離にまで近づくことが素人には難しい。祖父は「鉄砲で食っていくのは無理だ」と諦めかけたそうな。

そんなある初冬の夕方、林道を歩いていると、風に乗って妙に生臭い臭いが漂ってきた。魚の腸のような異臭だ。前方の藪の中に「なにかいる」と確信した祖父は、士筒に弾を込め、火縄を装着して構え、火蓋を切った。

ガサッ。ガサガサ。

その刹那、笹を踏み分け、大熊が襲いかかってきたそうな。

「黒い大きな布団が、こう……バサッと被さってくる感じかな。もう無我夢中よ。狙いも糞もねェ。布団めがけてドンと撃ったのさ」

幸い、弾は熊の頸椎を射抜き、獣は瞬時に動きを止めて祖父の足元に丸まった。祖父は傷一つ負わなかったそうな。

発砲時に鉄砲が暴れ、遠くの的には当たらない士筒であるが、なにせ大口径で威力が物凄(ものすご)い。近接戦で大物と刺し違える——つまり、今のような場面でこそ、力を発揮する得物なのだ。

その二十五貫（約九十四キログラム）の雄熊(おすぐま)が、十両（約六十万円）の銭に化けた。

「魂消たねェ」

熊の体には、捨てる部分がない。すべてが売り物になる。一番高価なのは熊胆と毛皮だが、肉も脂肪も内臓も、骨までが売れた。ちなみに骨は、粉に挽(ひ)いて打身の湿布薬として使われる。

「十両って言えば、当時のワシの一年分の稼ぎよ。『へへへ、こりゃ、止められねェわ』と思ったねェ」

以来、研鑽(けんさん)を積み、祖父は熊撃ちの猟師として大成した。倅——玄蔵の父親の代には、わずかだが山の斜面を買い、この家を建て、移り住んだという次第だ。

立派な茅葺の家に住み、美しく気立てのよい女房がいる。二人の可愛(かわい)い子供は健康で元気だ。鉄砲撃ちという仕事は性に合っており、天職とも感じられた。贅沢(ぜいたく)は望むべくもないが、毎日そこそこには安定した暮らしが送れている。

こんな暮らしが「後百年ほども続いて欲しい」と真顔で考える玄蔵であった。

（俺ァ幸せだァ。頭叩いて喜ばにゃ、罰（ばち）が当た……ば、罰かァ。罰ねェ）

罰——時折、漠然とした不安に捉（とら）われることがなくもない。

祖父の代から、三代に渡って猟師を生業としてきた。罪科（つみとが）のない山の獣を殺し、腹を裂き、毛皮を剝いで暮らしてきたのだ。まるで鬼の所業だ。

二十年近く猟場に通い、獣たちをつぶさに観察してきたが、彼らにも心があるのは確かだ。喜怒哀楽の感情を、人と同じように持っている。別（わ）けても、親子の情愛の深さは人以上かも知れない。猟場で親子連れを見かけ、敢（あ）えて撃たずに見逃すこともあったが、括り罠やトラ鋏（ばさみ）、毒餌（どくえ）などは、親だろうが子だろうが見境なく害を加える。さりとて鉄砲猟だけでは、今の豊かな暮らしは保てない。狩られる獣は哀れだが、己が生活の水準を落とすのは嫌だった。

そんな外道暮らしを続ける自分に、いつか必ず天罰が下る。そう思うと恐ろしく、つい女房が信じる異国の神に縋りたい気持ちが頭をもたげたりもした。

三

「おい、そこのお前」

裏の井戸端で薪を割っているとき、背後から声をかけられた。振り返れば、小者一人を連れた立派な武士だ。羽織に伊賀袴、手甲脚絆――典型的な武士の旅装束だ。陣笠ではなく菅笠を被っているところを見れば、そうそう身分の高い侍ではないと見た。

「へいッ」

とりあえず鉈を置き、首にかけた手拭を外し、小腰を屈めた。

「猟師の玄蔵とは、お前のことか?」

「へいッ」

齢の頃は三十前後か。目つきが鋭く、蟀谷には酷い面擦れの痕が残る。袖から覗いた二の腕はりゅうと太い。如何にも強そうな侍だが、見かけ以上に、得体の知れぬ殺気のようなものが漂っている。自分の名を知っていることとも相俟って、玄蔵を警戒させた。ちょうど大熊と対峙したときにも似た緊張感だ。

「若いのに、鉄砲名人と呼ばれているそうだな」

「と、とんでもない」

と、顔の前で手を振り、一応は謙遜してみせた。

(ん?)

見れば、厨の柱の陰にお絹がいる。見慣れぬ武士の来訪に、子供が緊張するのは仕方ないが——それにしても、猟師に追い詰められた栗鼠か兎にも似た、怯えた眼差しでこちらを窺っている。こういう顔をするようになったのは去年の暮れ頃からのことだ。玄蔵は小さく手を振り、娘を追い払った。少女はバタバタと足音をたてて家の奥へと姿を消した。

「人の目もある。向こうで話すか」

「人の目って……手前になんぞ、御用ですか？」

「うん。ま、こちらへ来いよ」

武士に誘われ、物置の陰へと移動した。少し雲行きが怪しい。

「その方の鉄砲の腕を見込んで申すのだが……お前、江戸に出て武家奉公をしてみないか」

「はあ？」

思わず顔を上げて侍の目を覗き込んだ。

（お、なるほど）

今、気づいた。この男の目は、猪の目だ。突っ込んできて犬でも人でも牙で突き倒し引き裂くが、性根は意外に真っ直ぐで表裏がない。

鉄砲の腕と武家奉公——話の先が見えるようで見えない。

「望むなら、武士にしてやってもいい。最初は同心（足軽）身分だが、働きによっては徒士から馬乗りへと、出世の道もなくはない」

「あの……不躾にございまするが、番町の間部様の御家中の方で？」

この一帯は、旗本間部家の采地である。

「そうではないが、個人的に間部家の許諾は受けておる。案ずるな。話は通してあるのだ」

「左様で」

返事のしようもなく、困っていると、侍がニコリと微笑み、強面の顔に愛嬌が浮かんだ。こういう芸当もできるらしい。

「ワシは、御公儀徒目付、多羅尾官兵衛と申す」

（か、徒目付？　なんだそりゃ？）

徒目付が如何ほどの身分か、如何なる役目か、玄蔵には皆目見当もつかなかったが、「目付」の言葉自体には、どこか「調べる」とか「見張る」とかの語意が感じられる。ゲベール銃は兎も角、女房の切支丹信仰に関しては、世間に知られては大いに困る。

「手前を、た、たら……」

「多羅尾様の御家来衆にすると仰るので？」

「ワシなどの家来ではない。御公儀に仕えるのだ。幕臣だ。直参だよ」

「あの」

とんでもないことだと思った。

御禁制の洋式銃と女房の切支丹信仰、二つの秘密を抱えたまま直参になどなれるはずがない。それに、侍になったところで、どうせ下っ端のそのまた下っ端だろう。周囲に気を遣い、小腰を屈めてお城勤めをするより、山中で鉄砲を構え、熊や猪と対決している方がよほど気楽でいい。

「手前の家は、先祖代々の山仕事。学問も、教養も、苗字すらございません。折角ではございますが」

「いやいやいや、慌てるな。断るな。断ってはならん」

「はあ」

多羅尾に機先を制され、辞退は即座に却下された。猟場で相対する獣たちは、玄蔵のことを「鬼」とも「魔王」とも思っていようが、人間界における玄蔵は、腰の低い、どちらかといえば情けない、最底辺の男なのだ。

「お前にも、お前の家族にとっても、決して悪い話ではない。聞くだけは話を聞いて欲しい」

「はあ」

「実は、ある仕事を頼みたいのだ」

多羅尾は周囲を見回し、声を潜めた。

「お前にしかできぬ仕事だ。無論、相応の報酬が出るし、褒美も遣わす。事が終わった後、仕官したければ幕臣に取り立てよう。嫌ならば、この地に戻り今まで通りに猟師を続ければそれでよい」

「一体、どんなお仕事で？」

「まだそれは言えぬが、ワシを始め、多くの者がお前の仕事を手助けする。誰にもできぬ仕事だが、お前には容易い仕事のはずだ」

「なにかを、撃てと仰せで？」

「ま、そうかな」

「なにを撃ちます？」

「だから、それは申せぬが、少なくとも世のため、人のためになる仕事だ」

（おいおいおい、まさか標的は、人じゃねェだろうなァ）

なんとなく嫌な予感があった。

多羅尾の口元は微笑んでいるが、目は笑っていない。玄蔵の心を射抜くような、厳しい眼光で睨みつけてくる。ただ、どんなに睨まれても、もし本当に人を撃つ仕事なら、これは断じて断らねばなるまい。自分一人だけのことではない。女房子供もいる。それに「決して、鉄砲を人に向けてはならぬ」とは父の口癖だったのだ。

「申し訳ございませんが、やはりお断りさせて頂きとうございます」

「仕事の内容も知らんで、なぜ断る」

（なんだこいつは？　訊いても「それは言えぬ」と言ったじゃねェか。先の見えない仕事になんぞ飛び込む気になれるかい）

「お仕事の内容をお聞かせ頂くまでは、お答えのしようがございません」

侍相手に恐ろしくはあったが、勇気を奮って正論をぶつけてみた。

「ま、そうだろうな。よく分かるよ」

意外にあっさりと認めた。この武士、顔は怖いが、どこか抜けている。

「ただ、断らん方がよい。お前のためだ」

「折角のお誘いですが、当面、暮らしを変えるつもりはございません」

「そうか、致し方がないなァ」

「申し訳ございません」

ようやく諦めてくれたようで、ホッとして小腰を屈めた。

「こういう手段は使いたくなかったのだが、お前が頑(かたく)なに断るなら仕方がない。玄蔵よ」

多羅尾の目が初めて細くなった。

「へい」

「お前の女房は……耶蘇(やそ)なのか？」

「え……」

玄蔵は硬直した。家の周囲の風景が色彩を失い、すべてが灰色に見えた。

元和(げんな)以来、こと基督教(きりすときょう)に関して、幕府は一切寛容さを見せていない。異教の信者であることが露見すれば、そして改宗に応じなければ、よくて打ち首。悪ければ磔(はりつけ)、火炙り――なんでもありだ。女子供にも容赦はない。

「お前の恋女房は、廻船(かいせん)問屋平戸屋(ひらどや)で女中をしていたそうだな。出身はどこだ？」

「さあ。そ、そういうことは話さねェから」

「嘘(うそ)をつけ。生国を亭主に言わぬ嫁がおるか！」

「や……」

「肥前国は、平戸ではないのか?」

「ぞ、存じません」

玄蔵は顔を伏せた。正真正銘、希和の生国は平戸である。

「平戸、天草……隠れ切支丹の巣窟だなァ」

「あの」

返すべき言葉が出ない。

「名前は希和、齢は二十七……なかなか艶やかな年増ではないか。ただ、耶蘇だ」

と、多羅尾は玄蔵の背後に回り込み、肩に手を置き、耳元に囁いた。

「切支丹は、ゲベール銃より罪が重いぞ」

もう駄目だ。敵は内情をすべて調べ尽くしているようだ。

「旦那様は、手前を脅しておられるのですか?」

「それは、お前次第だ……ちなみに、二人の子供も異教を信仰しておるのか?」

「いやいやいや、子供は関係ないから!」

「では、耶蘇は女房一人なのだな?」

猟師が徒目付に振り向き、必死で目を剝いた。

「へい……あ」

「ハハハ、認めたな？」

「あの」

どうせ玄蔵が、禁制の洋式銃を手に入れるために、阿蘭陀（オランダ）商館に伝手（つて）のある平戸屋へ出入りしていたこと、そこで希和と知り合ったことなども、すでに調べ上げているのだろう。逃げ場はないようだ。猟師と徒目付は、しばらく無言で睨み合っていたが、やがて、猟師の方が白旗を掲げた。

「分かりました。降参ですわ」

玄蔵が、さばさばとした様子で応（こた）えた。

「多羅尾様のお話に乗ります。俺の腕は貸す。ただ一つお願いがございます。女房子供は、見逃してくれ」

「切支丹を見逃せと申すのか？」

「女房には『邪教なんぞ忘れろ』ときつく申し聞かせますので」

言っても無駄だとは知っている。希和は信仰を捨てるぐらいなら、従容として死を選ぶだろう。故郷の平戸では先祖代々、二百年以上にも渡って信仰を繋いできた筋金入りの隠れ切支丹なのだ。

「いいさ。容易いことだ」

「ほ、本当ですかい？」

「お前の女房が切支丹であることはワシの上役も知らぬ。ワシさえ黙っておればそれで済むことよ」

ここで多羅尾は口を閉じ、しばし考えた。

「条件はそれでいいが、ワシの上役一人にだけは、切支丹の件を伝えさせてもらう」

「どうして？」

「知っているのがワシ一人となると、お前、ワシを殺して口封じをしようとするやも知れんだろ？」

「ま、まさかァ」

まさかではない。今の自分の心境に鑑みて、やらないとは言い切れない。

「下藤野の末松も死んだことだしなァ。口の堅いワシと上役、二人きりの秘密とさせてもらうわ、ハハハ」

（この口ぶり）

玄蔵は多羅尾の太い腕を見つめた。末松は、首の骨を折って死んだという。もしや多羅尾が、末松の首を圧し折ったのだろうか。

希和の信仰と末松がどこでどう繋がるのかは不明だったが、この多羅尾という武士が（おそらくは、なんらかの口封じのために）末松を殺した可能性が高い。

（恐ろしいお方だァ）

その恐ろしいお方の支配下に、玄蔵は今後入っていくことになるのかも知れない。

四

「なるほど、そういうことだったのかい」

玄蔵は深い溜息を漏らした。今宵（こよい）は冷え込みが厳しい。囲炉裏の炎が、涙にくれる希和の美しい顔に深い陰影を与えていた。子供たちも、母に寄り添い、心細げに泣いている。

自分が家を空けている間に、留守家族——か弱い三人は、非道なる外敵と戦っていたらしい。しかも、そのことを父親には一切伝えず、自分たちだけで内々に処理しようとしていた。幼く、お喋りなお絹でさえ「このことだけは、喋ってはいけない」と分別していたのが、なんとも泣ける。

「全然気づかなかったよ。俺ァ、亭主も父親（ておや）も失格だなァ」

玄蔵は低く呟いて、寂しげに己が首筋をポンポンと二度叩いた。

気づかなかったとは言ったが、去年の暮れ頃から、特にお絹の様子が、少し変だとは感じていたのだ。最近は元に戻ったから「大丈夫だろう」と高を括っていたが、やはりとんでもないことが起こっていたようだ。

冬山の天気は変り易い。昨年の暮れ、夕方から急に雪が酷くなって下山できず、山の狩猟小屋に泊まったことがある。で、その晩、下藤野の末松が留守宅に訪ねてきたというのだ。若者が「玄蔵さんに相談がある」と神妙に言うので希和は家に上げた。奥山の天気が、達者な玄蔵でも動けないほどの大荒れだとは、里では、かつ南国育ちの希和にはまったく分からないから、彼女は「夫は帰ってくるもの」と思っていたのだ。逆に、山仕事を生業とする末松は、その夜は玄蔵が帰れないことに気づいていたのかも知れない。

夜が更けると末松は豹変し、希和に襲いかかった。

彼女は必死に抵抗した。悲鳴を上げ、物を投げ、末松の顔に爪を立てた。お絹は真っ暗な山道を泣きながら五町（約五百四十五メートル）走って隣家に助けを求め、誠吉は父の鉈を振り回して母を守ろうとした。希和を組み敷いた末松の額を、誠吉渾身の一撃が割り、卑劣漢は目的を果たすことなく逃走した。ただその折、寝室に隠していた十字架を見られたというのだ。

「じゅ、十字架をかい」

「御免なさい、ついしまい忘れていて」

会話がしばらく途絶えた。囲炉裏にくべた薪が爆ぜる音がバチッと響いた。静かな夜である。

「その後、末松はあんたの留守に幾度か訪ねてきたんです」

やがて、希和が会話を再開させた。

「傷を負わせた誠吉をいつも睨んでるし、『切支丹は火炙りだ』とか言って笑うし……私、怖くて怖くて」

希和は、末松に小銭を与え「もう来ないで欲しい」と懇願したが、悪党は銭だけを受け取り、相変わらず希和に付き纏っていたらしい。

切羽詰まった希和は、反撃に出ることにした。逆に末松を脅したのだ。

「うちの亭主は、鉄砲撃ちですよ」

希和は精一杯に無理をして、伝法な阿婆擦れ言葉で悪党を脅した。

「一町半（約百六十四メートル）先の大熊を一発で倒すんだ。あんたが私を手籠めにしようとしたなんて聞いたら……末松さん、あんた、只じゃ済まないよ」

「ふん。どうだってんだ？」

小悪党が虚勢を張った。

「バーン！」

希和が、鉄砲を撃つ真似をした。その銃口は勿論、末松の眉間を狙っている。

「う、撃たれる前に、お前ェが切支丹だってことを、御領主様に訴え出てやるよ。玄蔵だって只じゃ済まねェぞ」

「そうかい。なら早い方がいいよ。私は『憎いあんたを殺して』って、亭主に言いたくてウズウズしてるんだからさ」

「あ……」

末松のような輩は、こちらが下手に出るとつけ上がるが、本気で抵抗し、強く出ると怖気づいて、逃げ出すものらしい。それ以降、末松が玄蔵の留守宅に近寄ることは二度となかった。弱きに強く、強きに弱い——人間の屑とは、蓋し、そういうもののようだ。

「どうして俺にちゃんと言わなかった？」

「言えやしませんよ。言えるわけがない。事が事だし……それにあんた、本当に末松のことを鉄砲で撃つかも知れないから」

「馬鹿な」

とは言ったが、十字架を見られたからには、口を封じねばなるまい。人を撃つなど考えたことすらないが、今回は本当に殺ってていたかも知れない。

「いずれにせよ。憎い末松はもう死んだんだ」

「うん」

希和と誠吉とお絹が、同時に頷いた。心は一つだ。いい家族だと思った。一人一人を、抱きしめてやりたかった。

「でも、その多羅尾とかいうお武家は、どうして末松を殺したのかしら？　そりゃ、私は助かったけど」

希和が小首を傾げた。

「そんなよォ、簡単に人を殺すような野郎の心なんぞ、分かるかい」

とは吐き捨てたが、玄蔵なりに大体の見当はついていた。

おそらく多羅尾は、玄蔵についてのあれやこれやを、近隣で聞いて回っていたのだろう。その中に偶さか下藤野の末松がいて、つい希和の信仰の件を口走ったのではあるまいか。希和の肉体に執着はあったのだろうが、己が物にはならぬと悟れば、可愛さ余って憎さが百倍にもなる。「畏れながら」と多羅尾に訴人した。

（多羅尾は、切支丹の件で俺を脅せるとほくそ笑んだはずだ）

玄蔵の中で推理は確信へと姿を変えていた。

（多羅尾にしてみればしてやったりだ。でも、もし末松がペラペラ他で喋って、希和の信仰の噂が広まれば、多羅尾は俺を脅すネタを失うことになる）

だから、殺した。

（十中八九は、間違いねェだろうよ）

「いずれにしても、恐ろしいこと、恐ろしい人」

妻が、胸の前で小さく十字を切った。幼い息子と娘がそれに倣った。

（嗚呼(ああ)、やっぱり、子供たちも切支丹に染まっちまったようだなァ）

亭主が天井を見上げて溜息をついた。

五

否も応もなかった。

玄蔵が妻子を守るためには、多羅尾官兵衛の命に服するしかない。その多羅尾からは、江戸に居を移すよう求められていた。

「江戸って……右も左も分かりませんが」

「案ずるな。宿舎等、暮らし向きの手筈(てはず)はワシの方ですべて整えてやる」

「女房子供はどうなります？」

「仕事が終わるまでは、別れて暮らしてもらう。妻子は安全で快適な場所で暮らすことになる」

「でも、なんで別れて暮らさなきゃならねェんですかい？」

ついつい言葉遣いが荒くなる。もう武士に対する尊敬も恐れもない。静かに暮らしている庶民を脅して、無茶をやらせようとする連中だ。

「お前、女房子供を連れて逃げるやも知れんだろ？」

「どういうこと？」

「お前が猟師だからさ」

猟師は鉄砲さえあれば（否、工夫次第で鉄砲すらなくても）切支丹の家族を連れて逃げ、山中に隠れ住み、獣を獲って生きることが可能だ。

「つまり、人質ってことか？」

玄蔵は多羅尾を睨みつけた。日々熊や猪と命の遣り取りをしている男の目だ。相手を射すくめるような強い殺気を孕んでいた。

「ま、いずれにせよだ」

多羅尾が、猟師の怒気に負けて視線を逸らした。

「仕事さえ終われば、一家は元通りだ。お前は女房子供の元へ帰れる」

「なら、その仕事ってのは何だよ？　言ってくれよ」

「お前もくどいな。江戸に着いてから話すよ」

「あんた、分かってねェなァ」

荒々しく玄蔵が吐き捨てた。

「どれほどの距離から、なにを撃つ？　それによって選ぶ得物が違ってくるんだ。威力の大きな鉄砲は当たりが悪い。よく当たる鉄砲は威力が弱い。どの鉄砲を使うかが違ってくるんだよォ。だから訊いてんだよ、この分からず屋！」

一気にまくし立てた。少し息が上がった。憎まれ口を叩かれて、怒り出すかと思ったが、多羅尾が声を荒らげることはなかった。

「なるほど」

多羅尾は頷き、腕を組み、しばし考えた。

「お前は、何挺（ちょう）の鉄砲を持っておるのか？」

「四挺」

玄蔵は三挺の火縄銃と、一挺のゲベール銃を所持していた。

曾祖父から受け継いだ士筒は、重さ十匁（約三十八グラム）、直径六分（約十八ミリ）の鉛弾を撃ち出す強力な火縄銃だ。最大射程は三町（約三百二十七メートル）以上もある。ただ、施条（ライフル）のない滑腔銃身なので、狙って当てるのは、かなりの熟練者でも一町（約百九メートル）が精々だ。熊や猪などの大型獣を撃つ場合は、ゲベール銃、乃至（ないし）はこの士筒を選択する。

他に、父が購入した二匁（約七・五グラム）筒と自分で買った六匁（約二十三グラム）筒がある。ともに火縄銃だ。匁数が少なくなるほど威力は減じるが、その分反動が少なく、よく当たった。鳥や小動物を狙うには、大口径鉄砲の威力は不要で、この二匁筒乃至は六匁筒を使う。

四挺目は、阿蘭陀国から輸入された独逸（ドイツ）国製のゲベール銃だ。

士筒とほぼ同じ口径を持つが、火縄銃より銃身が長い分若干威力は大きい。最大の違いは火縄を使わないことだ。撃鉄の先に（火縄の代わりに）火打金がついており、その火花で口薬に点火し爆轟（ばくごう）を誘う。フリントロック式マスケットとも呼ばれている。雨天に強いこと、火縄を持ち運び、発砲毎（ごと）に取り付ける手間が省けることの二点が長所だが、火縄銃より不発が多い。また、引鉄を引いてから発砲まで一呼吸空くので、どうしても狙いがずれる。反動の大きさも相俟って、命中精度は「むしろ火縄銃の方がよい」と玄蔵は感じていた。威力はゲベール銃、士筒、六匁筒、二匁筒の順。命中精度は、その逆である。ちなみに、四挺ともに施条がないので、一発弾以外の塵弾（じんだん）

（散弾）も発射できた。使い方としては、現代の散弾銃に近い。

「江戸へは、四挺すべて持って参れ」

「簡単に言うが、一挺の重さが一貫（約三・七五キログラム）以上もある。他にも荷物はあるのに、都合四貫（約十五キログラム）なんて担いでいけるかい」

「ワシが一挺、ワシの従者が一挺持つ」

「あの」

取り付く島がない。なにがなんでも江戸に連れて行くつもりらしい。

玄蔵は一人布団の中に潜り、腕枕で頭を支えつつ、十字架に向かって夜の祈りを捧げる希和と子供たちの丸まった背中を眺めていた。行灯の炎に、一心に祈る三つの背中が揺ら揺らと浮かび上がって見える。信仰のない玄蔵にも、この「一日の無事を超越的な存在に感謝する習慣」だけは、好ましく感じられた。

「アーメン」

やがて、祈りを終えた三人が布団に潜り込んできた。子供二人を間に置いた川の字である。

「消すぞ」

と、家族に断り、玄蔵は行灯の火を吹き消した。

「アーメンか」

闇の中で玄蔵が呟いた。

以前に一度だけ「アーメンの意味」を希和に訊いてみたことがある。希和は「以上の通り、相違ございません」という意味で、祈りの最後に付け足すのだと答えた。

「いつまで、別れて暮らすの？」

菜種油の香が漂う中で、希和の声が玄蔵に訊いた。

「さあな、多羅尾は仕事のことは『江戸に着くまで教えない』の一点張りだから」

「私は、どこにも行かないよ。このお家がいいの」

お絹の声が悲愴に訴えた。

「そら、俺だってこのままがいいさ。でもよォ」

会話は滞った。

「明日の朝、父さんは江戸に発つ。その後、お前たち三人にも迎えが来るそうで、俺の仕事が終わるまで、どこかのお屋敷に間借りして暮らすことになるそうだ」

「仕事ってなに？　父さん、なにをするの？」

今度は誠吉の声だ。

「だから、分からないんだよ」

「そんなの変だよ。おかしいよ」

「ああ、変だな。変だとは思うけど……色々あって仕方がねェのさ」

また会話が途切れた。押し黙っているが、誰も眠くはない。眠ろうともしていない。闇の中で息を凝らしている。家族の不安と憤りが強く伝わった。

「御免なさい」

切なげに希和の声がして、暗闇からすすり泣く声が聞こえて来た。

「あ、諦めろですって？」

玄蔵は絶望の淵へと突き落とされた。

「そうだ。男らしく、希和のことは諦めてくれ」

「平戸屋の旦那様……そりゃ、酷いや」

平戸屋佐久衛門は五十絡みの肥満漢だ。福々しい笑顔で、腰も低いが、江戸城筋違橋御門近傍の神田川端、神田佐久間町で廻船問屋を営む分限者である。

肥前国平戸出身の希和は当時十八歳。平戸屋で女中奉公をしており、美貌で気さく、頭もよいということで、多くの縁談が寄せられていた。しかし、主人の佐久衛門がど

うしても首を縦に振らない。やがて世間では、

「大方、希和ちゃんには、旦那様のお手がついてるんだろうよ」

などと噂され、いつしか「希和を嫁に」との縁談が持ち込まれることは絶えて久しくなっていた。

　佐久衛門が阿蘭陀商館から購入したゲベール銃がどうしても欲しくてならず、玄蔵は平戸屋に出入りするようになった。そこで希和と知り合ったのである。

　玄蔵は彼女に惚れ、希和の方もまんざらでもなさそうだ。この時代のこととて、玄蔵はまず、希和の雇い主である佐久衛門の許しを受けようとしたのだが「諦めろ」と突き放されてしまった。

「平戸屋の旦那、理由を教えて下さい。もしや希和さんが、俺では嫌だと？」

「馬鹿な。そんなんじゃないさ。玄蔵さん、あんたには一切問題はない。希和も私も、本来あんたなら文句はないんだ」

「じゃ、どうして？」

　玄蔵は天井を仰ぎ見た。杉の板目が美しい豪華な格子天井である。礼儀や分別を希和への強い想(おも)いが押し退(の)けた。

「つまり、世間での噂の通り、希和さんは旦那様の……ということでしょうか？」

「まさか！」

温厚な佐久衛門が目を剝いた。

「私の目を見てくれ。あんたに嘘はつかないよ。親父の戒名に誓ってもいい。私は希和に指一本触れちゃいない」

牡鹿の目だ、と思った。

いつもは大人しい獣だが、秋口に雌を奪い合うときの執念深さは物凄い。この時季、角も革も高い値が付くから猟師は牡鹿を撃つには撃つが、肉には酷い臭味があり美味くない。

「じゃ、駄目な理由を聞かせて下さい」

「言えないんだ。言えないことだってあるだろ」

(指は触れてなくてもよォ。年寄りが若い娘に岡惚れしてるってこともあるだろうよ。手前ェのものにはならなくても、他の男のものにするのは勿体ねェんだ。結局のところ、理由も言わずに「諦めろ」の一点張りだもんなァ)

「旦那様、俺ァ諦めねェですよ」

「玄蔵さん、私を困らせないでおくれ」

「知るかよォ」

玄蔵も当時はまだ十九である。伝法な捨て台詞を残して店を飛び出した。平戸屋の帰途、やさぐれた気分になり、煮売り酒屋の縄暖簾を潜ろうとした。

「あの……」

背後から呼び止められた。振り向けば――希和だ。

黄八丈の小袖に結綿の髷がよく似合っている。体の前で両手をモジモジと擦り合わせた。この俯き加減の困ったような瓜実顔が、いつもいつも、玄蔵の男を強く突き上げる。

「なんだい？」

わざと無関心を装って、ぞんざいに返した。

「お話が、ございます」

「旦那様から今はっきり『諦めろ』と言われた。理由は、言えねェんだとよ」

「お話が、あります」

思いつめたような声だ。

「……そ」

惚れた弱みで、玄蔵は撥ね上げかけた縄暖簾を元に戻し、希和の話を聞くことにした。少し歩いてから、仕舞屋の露地を少し入り、二人きりで話をした。

「き、切支丹だと？」

娘は深く頷いた。

「旦那様だけは御存知で。だから私、一生お嫁にいくつもりはなくて、ずっと平戸屋さんで働かせてもらおうと思っていて」

幕府の禁令では、露見した切支丹が改宗を拒むと、累は雇い主、親族にまで及ぶ。

「信仰をやめることはできないのかい？　宗旨替えみたいな」

希和が頭(かぶり)を振った。希和の家は戦国末以来累代の切支丹であり、子供の頃から深く信仰してきただけに、今さら宗旨替えなどできないと言った。

「信仰は捨てますと、口先だけ合わせとけばいいじゃねェか？　心の中までは役人も覗けねェんだから」

「キリスト様の御絵を踏まされます」

「踏めばいいじゃねェか！　たかが絵だよ！」

「地獄に落ちます」

「顔を踏まれたぐれェで、可愛い信者を地獄に落とすような、了見の狭い神様なんぞ捨てちまえ」

「神様の問題じゃない。私自身が、転んだ自分を許さないのよ」

「許さなきゃどうなるんだ？」

「私が、私じゃなくなる。つまり、死んじゃうってこと」

「自害するって意味か？」

「自害は許されないから体は生きてるけど、心が死んじゃうって意味」

「よく分からねェよ」

無学な猟師にも、洋の東西を問わず信仰の問題は「厄介だ」との認識はあった。

しばらく沈黙が流れた。玄蔵は腕を組んで空を見上げ、希和は手を揉(も)みながら俯いていた。やがて――

「切支丹の問題さえなければ、俺と夫婦になってくれるのかい？　本当に問題はそこだけなのかい？」

希和が深く頷いた。

「分かった。切支丹のままでいいよ。構わねェ」

若い玄蔵は本気であった。生まれて初めての、そして多分最後の恋だ。

「俺は猟師で、森の奥の一軒家で一人暮らしだ。そうそう近所付き合いもないし。親族は秦野(はだの)に姉(あね)さんが一人いるだけだ。俺とあんたさえ黙っていれば、他所(よそ)に漏れる気遣いはないよ」

「……うん」

希和は俯き、無言で両手を擦り合わせた。思い悩むときの癖らしい。

少なくとも、言下に否定されることはなかった。明らかに希和は迷っている。迷うということは――つまり、脈があるということだ。そうでもなければ、こうしてわざわざ追いかけてなど来ないだろう。

「それより、あんたの神様は、檀那寺(だんなでら)での年忌供養とか、氏子になっている神社の祭礼への参加は許してくれるのかい？」

「はい、それは大丈夫」

小声で返事をし、小さく頷いた。

心の中でどう思っていようが、地域の仏事や神事に参加してさえくれれば、近隣が訝(いぶか)しがることはあるまい。現に、平戸や天草の隠れ切支丹たちは、そのように振る舞い地域に溶け込んで暮らしているそうな。

「それなら大丈夫さ。心配は要らねェよ。夫婦になろう」

促したが、彼女は顔を上げない。

「お希和ちゃん……俺たち所帯を持とう」

ここで希和は、擦り合わせていた手を止めた。

「うん」

希和は顔を上げ、玄蔵を見て、初めて微笑んだ。その素直な笑顔を、彼は今も忘れない。忘れられない。


寝所の闇の中から、二人の子供たちの寝息が伝わってきた。

「希和、寝たかい？」

妻に、小声で囁いた。

「起きてる」

近くの森に梟（ふくろう）が来ている。ホウホウ、ホウホウと二度鳴いた。

「俺さ」

「うん」

「猟師だろ？」

「うん」

「こんなことになって思うんだが、何の罪科（つみとが）もねェ獣を殺して暮らしてきたから、天罰でも下ったのかなァって」

闇の中で、妻が少し身を起こす気配が伝わった。

「天罰なんて、絶対ありませんよ。あんたは別に道楽で殺してるわけじゃない。暮らしのために、少しだけ山の恵みを頂いているだけなんだから」

そこまで言って、希和は身を戻した。夫婦は静寂の中で、しばらく黙っていた。

ホウホウ、ホウホウ。

梟がまた鳴いた。

「俺、お前と夫婦になれてよかった」

返事は戻ってこなかったが、やがて――

「きっとなんでも上手くいきますよ。神様が守って下さいますから」

闇の中から、消え入りそうな涙声が戻ってきた。

六

東海道の脇往還は中原街道、本坂道、下田街道など数多存在したが、江戸から沼津まで行くなら、足柄峠を経る矢倉沢往還が最も便利だった。足柄峠は箱根山ほど険しくないし、距離的に東海道を歩くより三里（約十二キロ）短かった。現在の国道二四六号線に相当する。

矢倉沢往還の中で、赤坂御門から伊勢原までの区間を特に、大山道乃至は大山街道と呼んだ。大山阿夫利神社への参詣道である。

多羅尾と玄蔵は、この大山道を辿り江戸まで出ることになった。大体十五里（約六十キロ）の行程で、途中荏田宿（現在の横浜市青葉区）で一泊するそうな。そう強行軍でもないから「朝五つ（午前八時頃）過ぎの出発でいい」と言われた。玄蔵としては、家族と最後の朝餉をともにできるのが有難かった。

「なにも、今生の別れというわけじゃねェから」

玄蔵は無理に微笑みながら、箸のすすまない二人の子に因果を含めた。

「父さんの仕事が済めば、沢山の御褒美を頂いて、またこの家で一緒に暮らすんだ。ただそれまで少しだけ辛抱してもらわなきゃならない。母さんと三人で、別の家で暮らすことになる」

「俺たち、どこで暮らすの？」

誠吉が顔色を変えて質した。

「お侍様がちゃんとした家を用意してくれるそうだ」

「……………」

兄妹が項垂れた。

「辛抱できるな？」

「うん」

「はい」

長女と長男が、浮かない顔つきで頷いた。

「母さんを頼んだぞ？」

「うん」

「はい」

「誠吉は妹の面倒をよく見なさい。お絹は兄さんの言うことをちゃんと聞くように」

兄妹の仲が良いのが、わずかな救いだ。

「よし、いい子だ」

最後に、想いを込めて二人をそれぞれ抱きしめ、囲炉裏端から立ち上がった。

「じゃあ、行ってくる」

「……はい」

家の前で、子供二人の手を引いた希和に別れを告げた。希和は一歩踏み出し、玄蔵の耳元に小声で囁いた。

「あんたのこと、いつも神様に祈ってますから」

「ああ、百人力だわ」

無理に笑って、妻に頷いてみせた。

三人は家の前で、いつまでも手を振っていた。山道を下りながら、玄蔵も幾度か振り返って手を振り返した。

「またすぐに会えるさ」

多羅尾が呟いた。

「だといいですがね」

と、拗ねた返事をかえした玄蔵だったが、実はこの時、彼の中で多羅尾への評価は幾分か好転していたのだ。前を歩く多羅尾は、革袋に入れた士筒を背負っている。彼の従僕が六匁筒を持ってくれたから、玄蔵はゲベール銃と二匁筒の二挺のみを背負えばよかった。弾丸を作る鉛や弾鋳型などの道具類、火薬や火縄まで含めると相当な重さで、玄蔵の背負子は両肩に食い込んだが、それでも、二挺分の重さが軽減されており、随分と助かっている。

侍なんぞというものは、口先では「ワシが銃を持ってやる」と調子のいいことを言っても、実際にはなんだかんだと理由をつけて、玄蔵にぜんぶ押し付けるのだろうと高を括っていたのだ。でも、多羅尾は約束を守った。言葉の通り、自分が一挺、従僕が一挺を持ってくれた。

（危険な野郎なことは間違いねェし、俺を脅す限りは敵だァ。でも、こいつは約束ぐれェは守るようだ。意外と筋の通った漢（おとこ）なのかもな）

前を歩く多羅尾の幅の広い背中を眺めながら、そんなことを考えた。

厚木（あつぎ）の渡船場で相模川を越えた。渇水期で相模川の水位は低く、簡単な橋が架けてある。渡船場ではあるが、歩いての渡河となった。

荏田宿――旅籠（はたご）を含めて二十数軒ほどの小さな宿場町である――に一泊。二子（ふたこ）と瀬田（せた）を結ぶ二子の渡しで多摩川（たまがわ）を渡り、さらに大山街道を江戸に向けて進んだ。

下馬界隈（しもうまかいわい）に差し掛かった頃、多羅尾の従僕が小用を足し、少し遅れた。それを見た玄蔵は、多羅尾に歩み寄った。

「あの……」

「なんだ？」

多羅尾が、歩を進めながら振り向いた。

「手前の女房の事情については……つまり、切支丹についてですが」

周囲を窺い、声を絞って囁いた。

「下藤野の末松さんからお聞きになったので？」

「ああ、末松な……そうだよ」

「末松さん、亡くなられましたよね」

「そうらしいなァ」

しばらく沈黙が流れた。ここまできたら、勇気を奮って訊くしかない。

「もしや末松さんは、旦那が……その、御成敗されたので？」

「なぜ？」

と、歩みを止めて、玄蔵に正対した。

「なぜってわけじゃねェが……その、口封じとか？」

「ああ、なるほど……口封じね」

と、また歩き出したので、玄蔵も後に続いた。

「殺していなければ、ワシは正直に違うと言うよ」

前を向いて歩きながら、多羅尾は明るく語った。

「ただ、殺していても、多分違うと申すだろうな。つまり、お前の問いかけは無益である。やめろ」

「……へい」

北東に少しばかり歩き、昼前に目黒川(めぐろがわ)沿いの大橋(おおはし)という場所で大山街道から離れた。目黒川を渡れば朱引(しゅびき)の内——江戸御府内(ごふない)である。

多羅尾は、北へ四町（約四百三十六メートル）ほど百姓家と松林が点在する田園の中を歩き、中渋谷村松濤（現在の渋谷区松濤）の大きな武家屋敷の門前で足を止めた。

「ここだ」

（へえ、なかなか立派なお屋敷じゃねェか）

「下屋敷だから豪華ということはないが、ま、広いには広い」

門扉の両側に、格子障子を嵌め込んだ物見窓が設えてある。表札などは出ていない。ここに限らず、往時の武家屋敷に表札は掲げられていなかった。

これが長屋門というのだろうか、まるでそれ自体が「家のような門」が屹立していた。村の大百姓の中には、見栄を張ってこの手の門を作る家がなくもない。しかし、本物は規模が違った。見上げるようだ。その左右には長く練塀が連なっており、見渡せば二町（約二百十八メートル）は優にある。玄蔵は、この世に生を享けて二十八年間、一度も武家屋敷の門を潜ったことがない。領主の間部家は、伊勢原に城は勿論、陣屋さえ置いていない。采地の政は、すべて名主の屋敷で代行されていた。

（武家屋敷か……）

恐怖と気後れ、そして若干の好奇心が掻き立てられた。

さすがに巨大な門扉が動くことはなく、脇の小さな潜り戸から入った。

邸内は、豪奢（ごうしゃ）というより、鬱蒼（うっそう）との印象が強かった。唐破風（からはふ）を頂いた立派な玄関があり、柱も屋根も壮麗だが、それに倍して繁茂した雑木の勢いが物凄い。森の中に木々に囲まれて佇（たたず）んでいる風情だ。その点だけは、玄蔵の家に趣が似ていた。

「ここは、旦那のお屋敷……ではないですよね」

「ハハハ、当たり前だ。ワシは、百俵五人扶持（ぶち）の貧乏御家人よ」

百俵五人扶持——百俵の蔵米取り（くらまいと）の手取り分は四十俵だから、年収は四十両（約二百四十万円）である。そこに五人扶持が加算される。一人扶持が五俵相当だから手取りは二俵で、五人扶持なら十俵だ。加算されるのは十両（約六十万円）で、都合五十両——今でいえば、凡（およ）そ三百万円ほどの年収となる。とてもではないが、これだけの屋敷は維持できない。ちなみに、同時代の大工の年収は二十五両（約百五十万円）前後、行商人の売り上げは四十両ほどだった。徒目付、意外に大したことがない。

ただここで、多羅尾の名誉のために一言付言させてもらおう。

一般に、御目見得（おめみえ）以下の直参を御家人と呼ぶが、その俸給はピンキリであった。町奉行所の与力には二百五十俵を超す高禄（こうろく）取りもいたし、よく聞く三十俵二人扶持の同心で俸禄は四十俵、手取り額は十六俵、年収が十六両（約九十六万円）の薄給であった。多羅尾の百俵五人扶持は、御家人身分としては上位者で、高給取りの部類に入る。

多羅尾が、家屋を取り囲む雑木林の中にドンドンと入っていくので、玄蔵も慌てて後を追った。

「多羅尾様……旦那、どちらへ？」

「これからしばらくの間、お前が暮らす家さ」

「しばらくって、どれぐらい？」

どうしても気になっていることを訊ねてしまう。玄蔵は、自分がまだ「なにをやらされるのか」さえ知らないのだ。

「幾度も同じことを訊くな。いずれ教えるよ」

多羅尾は辟易した様子で、振り返ることなく答えた。

屋敷は広大だった。敷地は、目算で二町（約二百十八メートル）に三町（約三百二十七メートル）ほどか。鬱蒼とした緑の中に、立派な母屋と蔵が数棟立っていた。

（ん？）

林間を吹き渡る風に乗り、覚えのある異臭が漂ってきた。

（この臭い……ここには狸がいるな）

狸は一ヶ所に溜糞をする。かなり臭うものだ。最前から、足元に兎の糞が散見されたから、捕食者が棲息していても不思議はあるまい。さすがに熊や猪などの大物はいなそうだが、狐や狸は勿論、猿ぐらいまでなら出るかもしれない。現役猟師の直感である。

「練塀の向こう側にまで、この森は広がっておるようですが、あちらも武家屋敷ですかい？」

「ああ、さるお大名の下屋敷だ」

「下屋敷って、別邸みたいなものですか？」

「ま、そうだな」

大藩ともなると、江戸に上屋敷と中屋敷を一軒ずつ拝領しており、他にも蔵屋敷や下屋敷を数軒所有していた。どこぞのお大名の中渋谷村松濤下屋敷が隣家ということなのだろう。後で分かったことだが、隣家の敷地が三万坪、今玄蔵がいるこの屋敷が二万坪の広さを誇っていた。

形の上では三万坪と二万坪は、高さ一間半（約二・七メートル）の練塀で仕切られているが、獣は人の都合など関知しない。彼らにとっては、五万坪の森林が広がっていることになる。さらに、その周辺は田畑が延々と続く農地となれば、獣たちが食べ物に困ることはなかろう。それに渋谷は、ギリギリで朱引の内側であり、江戸御府内だ。大消費地を控えており、稲作よりも、畑作で野菜類を多く栽培していた。獣たちにとっては、まさに天国、食糧庫の如き土地柄だったのだ。

森の小径は緩く下っており、鄙びた池に突き当たった。湧水があるらしく、水はよく澄んでいる。その池に突き出すようにして、十坪ほどの瓦葺の平屋が立っていた。

雅趣豊かな池の畔の隠居屋の風情である。

「ここだ」

「へい」

隠居屋の三方は池だ。逃げ出し難い。逆に、多羅尾たちには見張り易い。事実上の監禁生活を強いられるのだろうか。

「俺は、この家から出ちゃならないんでしょうね？」

「外出したければ、ワシらが付き添うから、申し出てくれ」

「お庭を歩くとかは？」

「それも申し出よ」

「……へい」

雅趣豊かな隠居屋が牢獄のように見えてきた。

ただ、家はよく手入れされ、掃除が行き届いている。鬱蒼たる森の中、清水が湧きだす池の畔——優雅な暮らしと言えなくもない。

七

池の畔の隠居屋は百姓家の風情で、玄関はなく、広縁から直接家に上がった。囲炉裏を切った板の間に、一人の女が控え、慇懃に平伏した。

「千代と申す。お前の身の回りの世話をする」

「へい」

若干当惑した。齢の頃なら二十代半ば、目立つほどの美しい女だ。黒地に井桁絣の小袖、濃い鼠の名古屋帯を締め、丸髷に緋色の手絡を掛けている。一見商家の若妻風だが、雰囲気としてはもっと硬い。付き合いこそないが「武家の妻女だ」と言われれば合点がいく。硬質な表情には、隙も愛嬌もない。

（身の回りの世話……どういう意味だ？）

「炊事に洗濯、掃除……お前が望むなら、夜伽の相手もさせよう」

（わ、やっぱりそういうことかい）

「ご、御冗談を……」

そう返しながらもドギマギした。女の様子をチラと窺う。千代はやや俯き加減のまま表情を変えない。希和ならここで両手を揉み合わせるところだろうが、この女は微動だにしない。

（若い女が、あんな不躾を言われても平然としてやがる）

玄蔵の脳裏に、奥山で時折見かける羚羊（かもしか）の姿が浮かんだ。鹿と違って羚羊は群れない。子育て中の雌を除きいつも孤独だ。山中で身を隠すようにしてひっそりと暮らしている。千代は、どこか羚羊に似ていた。

（ま、ただの女中ではねェのだろうなァ）

度胸の据わった美女が身の回りの世話をしてくれる——だが、脂下（やにさ）がっている場合ではない。おそらく、この女は監視者だ。武芸の心得があるのかも知れない。玄蔵の世話をしながら様子を窺い、逃げようとすれば牙を剝くのだろう。

「玄蔵、お前はここでワシの命を待つ。その間、いつでも最高の状態で鉄砲を撃てるよう、あらゆる備えをしておけ」

「あらゆる備え？」

「そう。いつでも的に弾を当てる準備を怠るなということだ」

「……へえ」

なにを撃つかは教えぬが、いつでも当てられるようにしておけ——随分と身勝手で理不尽な要求だと思った。

ちなみに、標的に銃弾を正確に当てられるか否かは、幾つかの要素で決まる。大きく、立地と人と道具に分けて考えられよう。

まず、立地が大事だ。

陽の角度、好天か雨天か、風の有無、気温や湿気などはすべて、狙撃の成否を左右する。的までの距離と的の大きさ、的は動いているのか、静止しているのかなどは決定的な要素だ。ただし、これらは他律的に決まってくることが多い。玄蔵がこの隠居屋であらかじめ準備できることではない。

次に、人だ。

撃ち手の体調が悪ければ、集中力を欠き、狙いは不確かになる。飲酒、寝不足なども命中率を大きく下げてしまう。玄蔵は左党だが、翌朝に出猟と決まった晩に酒を飲んだことはない。

そして、体調以上に重要なのが精神面だ。標的を照準すれば無念無想、迷いなく引鉄を引かねばならない。銃口がわずか一分（約三ミリ）動いただけで、一町（約百九メートル）先では一尺（約三十センチ）以上の狂いが生じる。心の揺れは、そのまま銃口の揺れに直結するのだ。脅迫され、家族から引き離され、仕事の内容を告げられず、不満と不安ばかりの今の状態で、一町半（約百六十四メートル）先の的に当てろ

と言われても、土台無理な相談なのである、

(このことだけは、どうしても多羅尾たちに分かってもらわにゃなんねェな)

で、最後が道具となる。

道具はさらに、鉄砲と銃弾、火薬に分けて考えるべきだ。

鉄砲の機関部の調整や銃身の清拭が不可欠なのは当然だ。黒色火薬が爆轟すると大量の火薬滓(もえかす)が出る。滓は銃身内部に付着するから、可能ならば一発撃つ毎に、清拭するのが理想だ。また、火皿や火穴が詰まっていると不発の原因にもなりかねない。突っ込んでくる大熊や猪に向けて引鉄を引いた刹那「カチッ」と鳴って不発を自覚したときの恐怖と絶望は、経験した者にしか分からない凍えるような感情だ。ただ、不発は論外としても、銃身の手入れ以上に命中精度を左右するのは、弾丸と火薬なのである。

弾丸は鉛を坩堝に入れ、囲炉裏で煮溶かし、鋳型に流し込んで球状に成型する。しかし、わずかな歪みや凹凸、不純物の混濁による比重の不均衡などがあると、発射された弾に妙な回転がかかり、弾道は安定しない。鋳型で成型した段階ですでに歪な弾丸はさっさと諦め、真球に近いもののみを選別するのが心得だ。また、坩堝内で鉛がドロドロに溶けているとき、不純物は表面に浮いてくるので、それを丁寧に掬い取っ

て捨てれば、不良な弾丸をある程度減らせる。

　火薬も重要だ。黒色火薬は硝石と木炭と硫黄を混ぜて作るが、特に硝石と硫黄の配分量を間違うと「火薬ではなく爆薬」に近づいてしまい危険だし、銃弾の発射には適さなくなる。微妙な配分比率は撃ち手それぞれの好みで決まるから、玄蔵は小さな天秤(てんびん)を持ち歩き、慎重な配合を心がけていた。

　あれやこれや――「最高の状態で鉄砲を撃つ」には、やるべきことが様々あるということだ。

「では、仰せの通りに」

　玄蔵は、一応丁寧に頭を下げた。

「でも……」

「でも？」

　多羅尾の表情が険しくなり、玄蔵を上から睨みつけた。その後の展開を、玄蔵からの気配で感じたようだ。

「いつ俺のお役目を、お明かし頂けるのでしょうか？　もうお屋敷には到着したことですし、そろそろ教えて下さい」

「お前もくどいな」

辟易した様子で顔を背けた。

「気になるのが当たり前でしょう？」

「当たり前ね……」

多羅尾が月代（さかやき）の辺りを指先で掻いた。

「ま、鉄砲を撃つのだ」

そこは分かっている。わざわざ四挺の鉄砲を伊勢原から持参させたのだから。問題は「なにを撃つか」だ。訊きたいのは――

「まさか、その……人を撃つのでしょうか？」

思い切って訊いてみた。囲炉裏端で千代が小さく咳払いをした。

「済まんが、ワシの一存ではなんとも言えぬ。明朝、上役が母屋に見える。その折に伺ってみるとよい」

「その御上役様のお名前はなんと？」

「訊いてどうする？」

「お、お名前まで秘密ですか？」

空疎な沈黙が流れたが、やがて多羅尾が嘆息を漏らし、渋々口を開いた。

「聞いても知らんだろうが……幕府お目付、鳥居耀蔵（とりいようぞう）様じゃ」

「鳥居……耀蔵様」

「鳥居家には御養子として入られた。元の御実家は林家だ。儒学者の家よ。儒学、分かるか？」

「な、なんとなく」

「我々凡百とは頭のできが違う。お前も心してかかった方がよいぞ。なにしろ、馬鹿と阿呆が死ぬほど嫌いなお方だ」

「……は、はい」

言葉の端々から、多羅尾が鳥居とかいう上役を、快く思っていないことが感じられた。

（馬鹿と阿呆は、どう違うのだろうか？）

それにしても――

「では、暫時休憩して旅の疲れを癒せ。明朝、鳥居様が見えられたら迎えに参る。必要な物があれば千代に申せ」

そう言い残して、多羅尾は母屋方面へと森の道を戻りかけて足を止め、また戻ってきて玄蔵の耳元に囁いた。

「一つ言い忘れたが、女房子供は、ワシらが大事に預かっておるから安心致せ。そのことを忘れるな」

黙って頭を下げたが、心の内では——

（つまり、俺に逃げるなと言ってるわけか）

「お前は面に似ず敏いところもあるから、そんな愚かなことはせんだろうがな」

ニヤリと笑って多羅尾は去った。

「ほ〜ッ」

玄蔵が深い吐息を漏らした。

「御苦労様でした」

背後で千代が呟いた。

多羅尾は摑み所がないから疲れる。惚けた部分もあり滅茶苦茶な悪党にも見えないが、下藤野の末松を殺したのはほぼ確実だし、だとすれば、人を殺しても平然としている不気味さがあった。

「あの……」

囲炉裏端の女に、おずおずと向き直った。

「貴女様のことは、なんとお呼びしたらよろしいのですか？」

「なんとでも」

美しい女が表情を崩すことなく答えた。

「お名前で呼んでもよろしいですか?」

女は無言で頷いた。

「千代ですか?　千代様ですか?　千代さんでしょうか?」

「千代さんで」

「では、千代さん……」

この女に、今後の自分の運命について訊いてみようかとも思ったが、その能面を被ったような表情を見て止めにした。

(取り付く島もねェ面だなァ)

どうせ、なにも明かしてはくれない。訊くだけ無駄だろう。

「俺は、荷物を片づけてから、鉄砲の弾を作ろうと思います。その囲炉裏を使って構いませんか?」

「どうぞ」

「熱した鉛の臭いを嗅ぐと、稀に気分が悪くなる人がいる。少し距離を置いていて下さいね」

ほとんどは、不純物が燃えるときの臭いで無害だが、よほど高温になれば鉛自体が気化するので、これを吸い込めば有毒となる。大変に危険だ。ちなみに、鉛の融点は三百三十度ほど。気化するには千七百度を超さねばならない。だから、あまり心配は要らないのが実情だ。

「承知しました」

女は無表情のままに平伏し、席を立った。

八

「鳥居耀蔵である」

「ははッ」

と、広縁に平伏した。

鳥居は、四十過ぎの武士だった。痩せ型で、背は高くも低くもない。これといった特徴がないから、人混みですれ違っても見過ごしそうだ。強いて言えば、目つきが鋭く陰険そうに見える——その程度。

猟師である玄蔵は、初対面の人を獣に例えて記憶することが多い。多羅尾は猪に、平戸屋佐久衛門は牡鹿に、千代は羚羊に準え（なぞら）て覚えた。しかし、この鳥居という人物にだけは、適当な獣が思い浮かばない。

（狸でも狐でもない。熊でも猿でもねェしなァ）

「お前は、猟師だったのか？」

「へい」

腹の内で「今もだよ」と不平を唱えながら平伏した。

玄蔵は、庭園を望む広縁に端座している。鳥居と多羅尾は、書院の畳の上に座っていた。身分差があるので仕方がないが、気分はよろしくない。

背後の庭は、あまり手入れが行き届いていない。この時季だから雑草が伸びているわけではないのだが、数多く植えられた松の枝ぶりを見れば、伸び放題の茫々で樹形が完全に崩れている。初夏の芽摘みを幾年も怠っていることは明白だった。大名家も、下屋敷ともなると金をかけたがらないのが実情であるらしい。

「人を撃ったことはあるか？」

「いえ」

いきなり核心に切り込んできた。

「鉄砲以外で、人を殺したことは？」

狸にも狐にも熊にも似ていない武士が、身も蓋もない質問を畳みかけた。

「勿論、ございません」

そう答えつつ、玄蔵はわずかに微笑んだ。不躾な失笑を隠そうと、右手で口元を覆ったのだが——見咎められてしまった。

「なにか、可笑しいか？」

鳥居が、感情の籠らない声で質してきた。

「いえ、無作法致しました」

笑ったのには理由があった。どこか遠く、それも五町（約五百四十五メートル）かそれ以上も離れた場所で牛が長閑に「モー」と鳴いたのだ。この辺は農家が多いから、どこかの飼牛であろう。「人を殺した」云々と質す鳥居の真面目腐った陰険な眼差しとは正反対の、長閑な「モー」との対比が可笑しく、つい失笑してしまったのだ。ま、高位の武家の前だ。礼を欠いていたとは思う。

書院に、しばし気まずい沈黙が流れた。

「では、猿を撃ったことは？」

（まだ、言ってるよ）

「それは……ま、ございます」

山里では「猿を撃つと七代祟る」と言われ、猟師はあまり撃ちたがらない。玄蔵も長くそれに倣っていたのだが、作物への被害が酷く、里人から「是非、懲らしめて欲しい」と懇願され、止む無く数匹を撃ったことがある。

「どうであったか？　なにか違ったか？」

「嫌なものでございました」

「やはり、人に似ておるからかな？」

「へい」

「弾は、狙った箇所に中(あた)ったか？」

「それが……」


猿は敏い獣なので、鉄砲の怖さをよく知っている。鉄砲を持った猟師の姿を遠目に見ただけで大いに騒ぎ、群れごと逃げ去ってしまうものだ。どれほど慎重に忍んでも、見張役がいて、必ず発見された。自然、遠距離射撃となり、かつ、逃げる猿——動く的を狙うはめになる。玄蔵ほどの腕でも、一町（約百九メートル）離れて逃げる猿の急所を精密に撃ち抜くのは難しいから、動く輪郭の真ん中辺りを大体で狙って発砲した。

ド——ン。

雪山とは違う盛大な銃声が、周囲の里山に轟(とどろ)いた。

完全に外したわけではないが、着弾は体の中心からややずれ、即倒はしなかった。木から落ちて泣き喚(わめ)く獣に駆け寄り、止(とど)めを刺すのだ。玄蔵が近づくと動けなくなった猿は喚くのを止め、繁(しげ)みの中に身を隠そうとしたが、さらに迫ると諦めたかのように顔を伏せた。哀れではあったが、そこをまた撃った。

ド――――ン。

実に嫌なものであった。

「後半の話はどうでもよい。要諦(ようてい)は初弾じゃ。初めの一発だ……」

玄蔵の話をジッと聞いていた鳥居が、わずかに身を乗り出した。

「遠方の動く的だったことで狙いが逸れたのか」

鳥居に遠慮しながらも、多羅尾はさらに質した。

「それとも相手が猿だったから、まるで人を撃つようで恐ろしく、それで狙いが逸れたのか……どちらだ？」

「それは……両方でございましょう」

当然である。猿の頭が、小ぶりな西瓜(すいか)ほどの大きさだとして、「一町先を転がる西瓜に当てろ」と言われれば、今の玄蔵なら、ほぼ外さない。標的が「人を彷彿(ほうふつ)とさせる獣」であることが、射撃に微妙な影響を与えるのだ。とはいえ、一町先で眠っている動かない猿の頭なら、なんとか狙って撃って、当てられると思う。

「なるほど」

と、頷いた後、鳥居は多羅尾に向き直った。

「どうであろうか……やはり、幾何(いくばく)かの心の準備が必要であろうな」

「御意ッ」

多羅尾が真面目面で同意した。

「あの……」

意を決して声をかけた。

「なんじゃ？」

鳥居が、死んだ魚のような生気のない目で玄蔵を見た。

「手前のお役目をお明かし頂けませんか？」

大体の想像はついている。ついてはいるが、それでも、この侍たちの口から確(しか)と聞いておきたかった。

「聞いてどうする？」

「手前なりに、心の準備を致しまする」

「ふん。なるほど」

表情の薄い鳥居が、一瞬だが口角をわずかに上げた。

「悪人を撃ってもらう」

——やはりそうだ。人を撃つのだ。悪い想像は、この時から現実に代わった。

「手前は、罪人を撃つのでございますね」

「や、罪人ではない。悪人である」

　確かに両者は違う。罪を免れている悪人は多くいるだろうし、本来は善人でも偶さか罪を犯し、罪人となった者も数多いるはずだ。罪人は法に触れた者。悪人は人倫や道徳に反する者と言えるかも知れない。

「その悪人とは誰です？」

「標的は人で、悪人である。その者に正義の鉄槌を下すのがお前の役目だ。それ以上に知る必要はない」

（なんて言い草だァ）

　珍しく癇癪が起こりかかっていた。

（高飛車で嫌な野郎だ。俺は、こいつが好きじゃねェ）

「不満そうな面だな？」

「………」

　鳥居の目を見たまま黙っていた。多羅尾と違い、鳥居は目を逸らさない。上役と玄蔵が睨み合うのを見て、多羅尾は知らぬ顔をしていたが、指先を小刻みに震わせ太腿に打ち付けている。内心では狼狽しているようだ。

「お前は猟師であったのだろう？　獣の命を奪うことで妻子を養っておったわけだ。的が言葉を喋るか喋らんかの違いだけではないのか？」

（違うんだよォ、馬鹿）

心中で吼えた。

「あの、お言葉を返すようですが……」

「下郎、まだ申すか！」

鳥居の方が癇癪を起こし、目を剥いて玄蔵を睨んだ。声は低いが、確実に気分を害している。多羅尾が天井を仰ぐ。高位の武士と猟師の身分差を鑑みると、「玄蔵側からの反論」は、禁忌であるらしい。

「手前、雪山で熊の足跡を度々追いかけましてございます」

ここまで来たらもう止まらない。委細構わず言葉を続けた。

――玄蔵は、追っている熊のことを、足跡を通じてあれこれ考える。大きさ、体重、年齢、性別、さらには短気な熊か、のんびりした熊か、賢い奴か、馬鹿な熊かまで考える。相手をよく知ることで、いざ相対したときの迷いがなくなる。心が落ち着き、自信を持って引鉄を引けるのだ。

「相手は熊で、手前の獲物で、銃口を向け、引鉄を引けば事は終わる……そのように単純なものではございません」

と、一気にまくし立てた。その場の雰囲気を――就中(なかんずく)、鳥居の心象を害していることは分かっていたが「構わぬ」と考えた。自分は、たとえ罪を犯していない者でも、上が悪人だと判断すれば「黙って殺せ」と命じられているのだ。ここ数日来、蟠(わだかま)ってきた不満を一気に吐き出した。少しだけ溜飲(りゅういん)が下がった。

「なるほど。大層な講釈を聞かせてもらった……」

鼻白んだ風に鳥居が応じた。

「分かった。標的のことを詳しく教えよう。ただそれは、お前の性根を見極めた後だ。ある吟味を受けてもらう。お前が、ただの口舌の徒でないと確信が持てれば、お前をこの仕事に使うと決める。標的について伝えるのはその後だ。よいな?」

「……へい」

広縁に平伏しながら考えた。「口舌の徒」とはどういう意味だろうか。もしも「よく喋る」「饒舌」などの意が含まれているのだとしたら、この世に生を享けて二十八年、初めて言われた。

その夜も、隠居屋の囲炉裏端で銃弾を作って過ごした。静かで寒い夜だ。

（こうして一心に弾を作っていると、気分が静まる）

鳥居への憤りは、まだ胸の奥に沸々と湧き上がってくる。単純作業ではあるが、集中が必要な弾作りは、精神の鎮静化には持って来いだった。

坩堝を火にかけ、鉛の塊を煮溶かす。当初くすんで黒々としていた鉛が、銀色に溶けて光沢を帯びた。

「美しいものですね」

囲炉裏から少し離れたところで、縫物をしながら千代がポツリと呟いた。

「でも、鉛は猛毒だからね」

美しい花には、得てして棘（とげ）や毒があるものだ。金属の鉛も人間の女も同様で——剣（けん）呑（のん）、剣呑。

玄蔵は、いつも弾丸ばかり作っている。遠射を得意とする彼の場合、真球に近い弾だけを選別し、選に漏れたものはすべて坩堝に戻し煮溶かしてしまうから、極めて効率が悪いのだ。十発作っても、使えるのは一発か二発。しかも、二匁筒、六匁筒、士筒、ゲベール銃と四挺それぞれに口径が違い、とても手間がかかる。士筒とゲベール銃の弾の径は六分（約十八ミリ）でほぼ同じなのだが、遠射となれば「ほぼ」では相済まない。一厘（約〇・三ミリ）一毛（約〇・〇三ミリ）を微調整し、その鉄砲の銃身に、ぴたりと合った弾丸であることが求められてくる。

そもそも、往時の鉄砲は大量生産ではない。職人による一挺ずつの手作りだ。口径も「六匁筒」「二匁筒」などは大まかな数字であり、同じ匁数でも一挺一挺微妙に違った。鉄砲鍛冶（かじ）は製品を納めるとき、その鉄砲に合った鋳型——弾丸を作るための道具——を付けて渡したものだ。一挺の鉄砲には一つの鋳型が寄り添っている。弾丸と鉄砲の関係は、それほど繊細なものであり、玄蔵が始終弾丸を作り続けている所以（ゆえん）でもあった。

今作っている六匁（約二十三グラム）弾の直径は、五分（約一・五センチ）強である。溶けた鉛を弾鋳型に流し込み、冷えて固まるのを待ってから矢床（やっとこ）で摑み出す。一度に十発程が作れる。よさそうな弾を選び抜き、さらに鑢（やすり）などかけ、真球に近づかせる作業だ。

「鳥居耀蔵様とは、どんなお方ですか？」

千代に訊ねてみた。彼女は縫物の手を休めず、しばらく返事をしなかった。

「多羅尾様は『御公儀のお目付様だ』と言っておられたが？」

と、重ねて質した。

千代は、ここで諦めたように縫物の手を休め、玄蔵を見た。

「御公儀のお目付様です……それ以上のことは私も存じません」

「お目付様とは、よほどお偉いのですかい？」

「かなり」

「どれほど？」

「役高千石と承っております」

（俺の村の取れ高は四百石と聞くから、二ヶ村以上の御領主様か……）

千石取り――四公六民で計算すれば、年収はざっと四百両（約二千四百万円）だ。

玄蔵の年収は三十五両（約二百十万円）だから、ざっくり十二倍か。ただ、武士は用人やら若党やら奉公人を数多雇わねばなるまい。馬も飼う必要があろう。実入りも多いが、出費も多そうだ。

（ふん。あの陰険野郎……大したことはないじゃねェか）

と、昼間見た鳥居耀蔵の憎々しげな顔を思い出しながら、心中でペロリと舌を出した。

「吟味を受けてもらう」

と、鳥居は言ったが、その後数日は音沙汰がなかった。

多羅尾も顔を出さないから、不安が嵩じる。自然、溜息が多くなった。

「ふう」

まだ敵か味方かさえ分からない千代に心底を見透かされるのも嫌なので、できるだけ我慢しているのだが、やはり出るものは出てしまう。

「ふう」

「……」

千代は顔も上げずに、黙々と繕い物を続けていた。

玄蔵の暮らしは相変わらずだ。不愛想な千代と二人きり、鉄砲の弾丸を作って静かに過ごしている。

食事をし、また弾丸を作り、鉄砲を磨いた。夜になると、玄蔵は八畳の間に、千代は隣の六畳間にそれぞれ布団を敷いて眠る。多羅尾は玄蔵が望むなら「夜伽をさせてもいい」と確かに言った。千代は美しいし、玄蔵は若い。色々と破廉恥な妄想はしてしまうのだが、今はそれどころではなかろう。侍たちの罠に落ち、一家四人、抜き差しのならない状態に陥っている。この上さらに、女の色香にまで惑わされたらもう終わりだ。

「どうぞ。お布団を敷きました」

千代が囲炉裏端にやってきて膝をついた。

「あの、千代さん？」

「はい」

「布団ぐらい、自分で敷きますから」

「御迷惑でしたか？」

「迷惑なんてこたァねェけど……申し訳ないから」

「私のお役目です」

「でも、もうやめて下さい。明日からは俺、自分で敷きますから」

「では、そのように」

千代は、少し間を置いてから答えた。例によって表情はなく、その心の内は杳として知れなかった。

日頃は、希和と子供たちのことだけを考えるようにしている。しかし正直、千代の美貌とスラリとした肢体に欲情しているのも事実だ。ギリギリの我慢をしているその女の手で、意味深長に夜具を触られるのは困る。一度堰を切ったら最後、奔流が止められなくなるのを玄蔵は恐れていた。

九

四日目の午後、多羅尾が池の畔の隠居屋まで迎えにきた。

「いよいよ吟味ですか？」

「ああ、そうだ」

多羅尾の様子が今までとは違う。玄蔵と目を合わせようとしない。

「言っておくがな。お前は……鳥居様の御機嫌を損ねたのだ。一介の猟師の分際で武士に、それも学者の倅で才覚自慢の男に、講釈なんぞ垂れるのは不躾だ。辛い吟味になるやも知れんが、自業自得だぞ」

背後の囲炉裏端で千代が小さく咳払いをした。

「ど、どういうことです？」

さすがに不安になってきた。

「お前に選択肢はないということだ。辛かろうが切なかろうが吟味を経て、お役目を果たす。それ以外に、お前と切支丹の家族が救われる道はない。黙って前に進むしかないのだ。条件云々を交渉する立場にはないということだ。そこを弁えろ」

「へい」

悔しかったが言い返す言葉がなかった。今さらだが、鳥居に対して短気を起こし、遠慮会釈のない長広舌を揮ったことを後悔していた。

当然、それ相応の報いが待っていた。

目隠しをされ、きつく手足を縛られた上で、狭い空間へと押し込められたのだ。

やがて空間は浮き上がり、動き出した。ゆっくり移動している。玄蔵は生まれてこの方、駕籠にも輿にも乗ったことはないが、おそらくそうしたもので運ばれているのだろう。大層揺れるが、手も足も縛られたままだ。最初はうつ伏せ——脚が伸ばせない。息が詰まりそうだ。仰向けは姿勢が定まらずに論外で、結局脚を曲げて横向きに寝ることにした。これが一番安定するし、楽だ。体の下になった方の腕は痺れたが、この程度は辛抱するしかあるまい。

（や、せめて、利き手が痺れねェようにしとこう）

そう思いたち、狭い中で悪戦苦闘をし、ようやくのことで左手側が下になるよう寝返りを打った。

（嗚呼。参ったなァ。雪の斜面を駆け上がる方がよほど楽だわ）

四半刻（約三十分）後、少し気分が悪くなりかけた頃、空間は移動を止め、地面にドシンと下ろされる振動が伝わった。

軋むような物音がして、目隠し越しに明るさを感じた。襟首を乱暴に摑まれ、すぐに引き出された。ここでようやく、縄と目隠しを外された。

少し眩暈がするし、左手は完全に痺れている。数名の武士の中に多羅尾の顔があるのを見てホッとした。多羅尾のような胡散臭い者でも、知り合いがいてくれた方が幾分かは心強い。

ここもまた武家屋敷のようだ。松濤の屋敷よりは、手入れが行き届いているが、基本は同じような雑木の森に囲まれた広大な邸宅だ。

多羅尾に背中を小突かれ、森の中の小径を辿った。五人ほどの羽織袴姿の武士が周囲を固めている。足元には兎の糞が転がっていた。松濤屋敷と似たような自然環境なのだろう。

ガサッ。

十間（約十八メートル）彼方の草叢で物音がして、ひょいと大柄な狸が顔を出した。この狸、左耳が酷く欠損している。雌を争う雄同士の戦いの折、食い千切られたのかも知れない。これが猟場であれば、ドンと一発で仕留めたところだろうが、狩猟で来ているわけではない。狸を黙殺して歩を進めた。

木立の中に、練塀に囲まれた一角があり、玄蔵はそこに誘われた。

練塀は半町（約五十五メートル）四方の方形だ。内部には、屋根つきで吹き曝しの細長い建物が立っており、それに対峙するようにして、反対側には土塁が長く設えてあった。前者が射場、後者が的場――明らかに弓道場である。

吹き曝しの射場の中に、鳥居耀蔵が数名の武士を従え、偉そうに床几に腰を下ろしていた。竹に雀をあしらった鳥居笹の定紋入りの陣笠を被り、見れば、なにかをモグモグと食っている。

「おう玄蔵、参ったな」

鳥居がニヤリと笑って床几から立ち上がった。手にしているのは――蜜柑。蜜柑を食べていたようだ。

鳥居が頷くと、玄蔵が所有する四挺の鉄砲が運ばれてきた。池の畔の隠居屋から黙って持ってきたのだろう。自分の道具を勝手に触られるのは不快だったが、最前の多羅尾の忠告を思い出して自重し、素知らぬ顔をしていた。

「的はこの蜜柑じゃ」

鳥居は、まだ剝いていない橙色の果実を玄蔵に示した。

「あの的場を見よ」

今度は、彼方の土塁を指した。

「あそこにこの蜜柑を置く。お前はこの場から蜜柑を一発で撃ち抜け。それが吟味じゃ。得物はどれでも好きな鉄砲を選んでよい」

（蜜柑か……的は小さいが動かないし、距離は半町もねェ）

さらに得物はすべて弾道の癖を熟知している自分の鉄砲だ。弾丸も自分の手製であり、真球に近い上物だ。

（まず大丈夫だろう。外さねェさ。それでも大事を取って、反動の少ない二匁筒を使うか）

瞬時に考えはまとまった。他の選択肢はあるまい。ここは威力よりも正確性、命中精度を選ぶべきだ。

「どの鉄砲を使う？」

「二匁筒を使いとうございます」

「よかろう」

玄蔵の前に二匁筒と、弾丸、装薬類が並べられた。

「よろしいですか？」

「うん。弾を込めよ」

鳥居の許しを得て、二匁筒を手に取った。

二匁筒は、二匁（約七・五グラム）の鉛弾を、一匁弱（約三グラム）の黒色火薬で撃ち出す火縄銃だ。威力は劣るが、その分、若干長目に作られており、長い銃身で弾と火薬の非力さを補っていた。

銃口から玉薬を注ぎ込みながら、ふと考えた。

（鳥居は、生意気な俺に腹を立てていたはずだ。多羅尾は「辛い吟味になる」と言った。あれだけ前もって脅した割には、随分と簡単過ぎねェか）

半町もない距離にある径二寸（約六センチ）の動かぬ的だ。しかも得物は命中精度の高い二匁筒である。

（俺にとっては、かなり楽な……ん？）

槊杖を使う手がピタリと止まった。

土塁の前に、見覚えのある顔が並んだのだ――希和とお絹と誠吉である。

別れてまだ五日だが、もう半年以上も離れていたような気がする。ここから見る限り、三人にやつれた様子は見えない。

数名の武士に引き立てられ、希和を真ん中に、お絹と誠吉が寄り添って地面に蹲った。付き添いの武士が蜜柑を希和に手渡し、希和はその蜜柑を頭上に掲げた。

「え！」

思わず呻（うめ）いた。玄蔵はすがる想いで多羅尾を見た。すぐさま多羅尾が目を逸らした。

「まさか、あれを撃てと仰せで？」

鳥居に振り向いて、できるだけ声を張らずに、冷静に質したつもりだったが、その声はわずかに震えた。

（おい、お目付さんよォ。いささか、御酔狂が過ぎはしませんかね）

と、心中では毒づいていた。

「そうじゃ。これぞ吟味よ」

鳥居が、さも機嫌よさそうに冷笑した。

「『相手を知らねば必中は敵（かな）わぬ』と申したのは誰だ？　玄蔵、お前自身であろう。蜜柑を持っておるのはお前の恋女房じゃ。誰よりも知悉（ちしつ）しておろう。ならば安心のはず。お前の理屈通りならば外すことはあるまい」

「ご、御勘弁下さい」

身も世もなく、叩頭（こうとう）した。

「お殿様……鉄砲の弾などと申すものは、思わぬ動きを致します。ほんの半寸（約一・五センチ）曲がっただけで、女房の指は飛びまする。一つ間違えば、頭に当たらぬとも限りません」

「ハハハ、知るか」

　鳥居が痛快そうに吼えた。

「あの女は切支丹である。今、心の内で己が神に『助けてくれ』と祈っておることであろう、滑稽じゃのう」

　笑いが高じて、少し咳き込んだ。滑稽なのはお前だ。

「亭主に撃たれて指が飛べば、異教の神が如何に頼りにならぬかを知り、宗旨替えを致すであろうよ。さすれば、磔や火炙りに処されることもあるまい。な、玄蔵よ……いわばこれは親心である。分かるな？　ハハハ」

　おそらく鳥居は、玄蔵を弄るだけの目的で、希和に蜜柑を持たせたわけではあるまい。撃ち損じると女房の手か指を吹き飛ばしかねない。玄蔵が、その切羽詰まった中で実力を発揮できる男なら、鳥居が目論む「悪人退治」の重責も担えるはず——そう考えたのではあるまいか。その意味では、確かにこれは「趣味と実益を兼ねた見事な吟味」と言えなくもなかった。

「弾は三発認めよう。ワシは甘いからなァ」

　鳥居が玄蔵の周囲をゆっくりと歩きながら、吟味の詳しい条件を言い渡した。吹き曝しの射場の床板が、ギシリ、またギシリと鳴った。

「三発の間に、蜜柑を撃ち抜けばお前を雇い、悪人退治の機会を与えてやろう。成就の暁には、褒美を取らせた上で自由の身にしてやる。女房の邪教信仰にも目を瞑ろう。だが、三発で撃ち抜けなんだ場合は、地獄が待っとるぞ……」

吟味は失格。この場から家族とともに奉行所へと連行され、切支丹信仰についての厳しい詮議を受けさせるというのだ。数百年来平戸の地で、先祖代々が隠れ切支丹であった筋金入りの希和が、今さら「信仰を捨てる」とは考え難い。待っているのは、火炙りか磔だ。

（や、やるしかねェのか……）

最前、多羅尾から言われた通りである。今の自分には、この吟味を乗り越え、たとえそれが「人殺し」であっても役目を果たし、妻子を連れて伊勢原に戻るしか道はないのだ。

（やってやる）

腹を決めた。

（玉薬は……あ、もう入れたんだ）

玉薬を注ぎ、槊杖を使っていたところへ希和たちが引き立てられてきたのだ。

（落ち着け、玄蔵！）

自分で自分を励まし、活を入れた。

二匁の鉛弾を銃口から入れ、槊杖で丁寧に押し込んだ。火蓋を開き、火皿に口薬を盛った。火皿の脇を軽く叩いて、口薬が火穴に十分満ちるようにする。これが不発を防ぐコツである。火蓋を閉じ、火鋏を起こし、ここで初めて火縄を装着した。鉄砲を構え、火蓋を切る。床板に尻(しり)を着けて左膝を立てた。膝頭を支柱に使う、所謂「膝台(ひざだい)放(はな)ち」の姿勢だ。これが最もよく当たる。

まず、おおよその狙いを付けた。この距離で、得物は二匁筒だ。自分の腕なら四寸（約十二センチ）四方の範囲には必ず入れられる。しかし、それでは希和の手や指は守れない。その後の精密な照準は、曰く言い難い感覚の世界なのだ。

二匁筒の先目当(さきめて)（照星）と元目当(もとめて)（照門）の半町先で、希和が両手で蜜柑を捧げ持っている。その嫋(たお)やかな指を、様々な記憶が残る白い指を、二呼吸（約六秒）の後、自分の放つ銃弾が吹き飛ばしてしまうかも知れない。そう思うと、玄蔵の腕が微(かす)かに震えた。彼は名人、上手と呼ばれるほどの鉄砲撃ちである。わずか五間（約九メートル）先から突進してくる大熊と対峙しても、かつて震えたことはなかったのだ。しかし、この状態では撃てない。蜜柑に当てるだけなら兎も角、希和の指先で一寸（約三センチ）、半寸（約一・五センチ）の勝負などとてもできない。

「放てッ！」

鳥居が鋭く叫んだ。

ド――――ン。

思わず引鉄を引いてしまった。目を瞑った。目を開けるのが怖かった。

「後、二発」

銃声の余韻が消え、鳥居の冷淡な声が響いた。

恐る恐る目を開けて見れば、希和も蜜柑もそのままだ。女房の頭上一尺に砂の崩れが認められる。無意識の内に、上方へと弾を逸らしたのだろう。

「そうやって安穏な場所に弾を置きに行っても、結局のところ、女房子供は救えんぞ。男なら、亭主なら、勝負をかけんか！」

（糞がァ）

鳥居に対する憎悪が最高潮に達していた。目付の言葉には一切応えず、黙々と次弾を装塡しながら考えた。

（この弾を、お前ェの薄汚ェ腹に撃ち込んでやろうか……これは威力のねェ二匁弾だァ。すぐには死なねェぞ。たんと苦しんで死ね。どうせ家族そろっての地獄行きだァ。行き掛けの駄賃にこの糞野郎を殺し、地獄の道連れに……）

　ここで嘆息が漏れた。

（そうもいかねェか）

半町（約五十五メートル）先には誠吉とお絹がいる。数えで七歳と六歳の兄妹だ。わずかでも生存の可能性があるのなら、彼らの将来を奪うわけにはいかない。

（簡単だァ。俺が蜜柑を撃てばいいんだ。後は、子供のためだ。人殺しでもなんでもしてやる。俺一人が地獄に行けば済むことだからなァ）

「二発目、参ります」

「おう」

装塡が済み、鳥居に申告すると、目付は、床几上で腕を組んだまま大仰に頷いてみせた。

　玄蔵は二匁筒を同じ「膝台放ち」の姿勢で構えた。射場の床板の冷たさが、尻の穴から体内に潜り込んでくるようだ。

（ああ、こりゃ、駄目だ）

　先目当がフラフラと動く。まったく定まらない。第一発目の失態により、動悸が激しくなっているようだ。心臓の鼓動が、己が耳にドクンドクンと響く。それに、いつまた鳥居が「放てッ」と怒鳴るかも知れない。総じて、動揺が収まらない。

（ここは、仕切り直そう）

鉄砲を下ろし、深く息を吐いた。多羅尾以下、見守る武士たちも、玄蔵につられて一斉に息を吐いた。白い吐息が射場に棚引く。

「早う致せ。日が暮れてしまうぞ」

鳥居が急かした。言われるまでもなく、玄蔵は再度二匁筒を構えた。

相変わらず、先日当は揺れている。

（ど、どうする？）

床几に座った鳥居が、薄ら笑うのが目の端に映った。

（嫌な野郎だァ）

まさにそのときだ——遠くで「モー」と長閑に鳴いた。

（う、牛かい……）

近くの農家の飼牛の声であろう。一瞬、玄蔵の緊張が弛緩した。震えがピタリと止まった。

（よし、今の内だ）

この二匁筒には、わずかだが左に逸れる癖がある。

フ——ッ。

ゆっくり息を吐いた。

風はない。希和が持つ蜜柑の、ちょうど半個分上方やや右に照準した。後は微妙な先目当の振れが収まる瞬間を待つ。ただ、完全に静止してから満を持して引鉄を引くと、得てしてガク引きとなり大きく外れる。動きの中で、ふと止まった刹那を感じ取り、無心に引き絞るのが心得だ。気づいたら、撃っていた――これが理想だ。

幸い、希和の手はまったく震えていない。

（堂々としたもんだ。なにも恐れていないようだ。デウスに、すべてを委ねているんだろうよ。ま、デウスが本当にいるのかいねェのか、俺にはトンと分からねェが、それを信じる希和の心は本物だァ）

――まるで他人事のように、冷静にすべての事象が見えている。この分なら大丈夫だ――多分。

先目当が上から下へと動く。まだまだ揺れる。今度はじんわりと右へ行った。次には左。また戻ってきたが、やがて――止まった。

（来た）

ド――――ン。

瞬間、希和の手の上から蜜柑だけが消えた。

「多羅尾……この者でよい」

鳥居が感情の籠らぬ声で囁き、荒々しく床几を蹴って立った。

第二章　気砲と狭間筒

一

帰途も目隠しをされた。手も縛られた。狭い空間に転がされて移動するのも往路と同じだ。

ただ、なんとなく――最前よりは、手を縛る縄が幾分か緩い印象がなくもない。

(侍たち、手加減してくれたのか?)

女房の指を吹き飛ばしかねない重圧を乗り越え、見事に標的を撃ち抜いた者への敬意、畏れ、乃至は同情の表れかも知れない。

(理由はどうあれ、これなら痛くねェし。少しは手を動かせるから助かるわ)

過酷な運命を受け入れざるを得ない玄蔵は、揺れる狭い空間の中で、わずかな待遇改善を素直に喜んでいた。

ギッシギッシと、周囲から木が軋む音が聞こえる。

移動中はすることもない。ここ数時間の出来事について思い返してみた。

ドンと鳴って希和の掌から蜜柑が消えた後、俯いていた幼い誠吉とお絹は顔を上げ、まず母の指が十本すべて揃っていることを確かめた。次に、お絹は母の膝に泣き伏し、誠吉は顔を向けて真っ直ぐに玄蔵を見た。半町（約五十五メートル）近く離れても伝わる「己が父親を誇る倅の目」がそこにはあった。

（あ、当たった……よかったァ）

直後、頭に浮かんだ言葉は、それだけだったように思う。

妻子は即座に立たされ、弓道場から退去させられた。言葉を交わすことさえも許されなかった。

去り際、希和は玄蔵を見つめて幾度も頷いていた。玄蔵も必死で頷き返したのだが——あの所作は、一体どういう意味だったのだろうか。

自分たちは大丈夫だと安心させたかったのか、玄蔵との絆を信じていると告げたかったのか、それとも単に、指を吹き飛ばさずに有難うと伝えていただけかも知れない。いずれにせよ、涙を溜めた真剣な眼差しが忘れられない。三人にもう一度会いたい。

試練が厳しければ厳しいほど、それを乗り越えたとき、夫婦や家族の絆や想いは強まるものだ。

鳥居は、床几を蹴って立ち、多羅尾に短く下知を与えると、足早に弓道場から去っていった。

彼の心中を察するに――女房の指を自ら吹き飛ばし、項垂れる生意気な猟師を嘲笑してやる楽しみは敵わなかった。一方、玄蔵が人並み外れた鉄砲の技量と度胸を示したことで、おそらくは困難が予想される鳥居の役目「悪人退治」は、達成に一歩近づいたともいえるのだ。喜びと悔しさが相半ばする、ややこしい気分だったのではあるまいか。

一方、多羅尾は破顔一笑であった。

鳥居がいる間こそ、顰めっ面を装っていたが、上役が去ると、相好を崩して玄蔵に駆け寄った。

「お見事。さすがだなァ」

多羅尾は二匁筒を玄蔵から受け取ると、極度の緊張が解れて腰が抜けた状態の彼に手を貸し、立ち上がらせた。改めて向かい合うと、身の丈が五尺五寸（約百六十五センチ）で、この時代としては大柄な玄蔵よりも、さらに多羅尾は三寸（約九センチ）以上も背が高かった。

「本当によくやった。目の保養になったぞ」

「へ、へい」

玄蔵も自然に笑みが出た。希和の指は無事だったし、鳥居の吟味には通ったようだし、いいことずくめではあったが、逆に、これにて「人を撃つ」「人を殺す」役目に一歩近づいたことにもなる。

（往くも地獄、退くも地獄だなァ）

多羅尾に促されて、的場へと歩いていった。蜜柑を撃ったときには、無限に遠く感じられたものだが、今歩けば、ほんの目と鼻の先の距離に過ぎない。

最前まで希和と子供たちがいた土塁の斜面に、蜜柑の果肉と果汁が飛散していた。重さ二匁（約七・五グラム）の鉛弾が蜜柑の大方を吹き飛ばしたのだ。多羅尾は、残骸の中から比較的大きな一片を拾い上げた。

「ほれ、これがお前が撃った蜜柑だ」

と、玄蔵に示した。一寸（約三センチ）ほどの蜜柑の皮に、径三分（約九ミリ）強の、円く整った穴が空いている。二匁弾の射入孔だ。

「ほぼ正円だ。見事なものよ」

多羅尾が嬉しそうに笑った。

正円――「まん丸」ということだ。正面から、蜜柑のド真ん中に撃ち込まねば、射入孔は正円にならない。

山で獣を撃つときは、風も吹いているし、相手も動く。下手をすれば走っている。最悪だと、牙を剝いて襲いかかってきている。

（山でのそれに比べれば条件がよかったからなァ）

今回は女房の指が懸かっており、大変な重圧ではあったが、どこか近所の牛が長閑に鳴いて、緊張を解いてくれた。

（ま、運がよかったんだ）

玄蔵は、的場の土塁に飛散する蜜柑の破片を見ながら、天に感謝した。

「それでな……」

多羅尾が、またいつもの怖い顔に戻って続けた。

「吟味に通れば、お前が撃つ悪人の正体を教えるとの約定だったが……」

ここで多羅尾は、周囲を見回した。的場には二人きりだ。半町離れた射場には、二人の裃姿の武士が控えているが、小声で話す分には聞こえまい。

「撃つのは一人ではない」

「え、幾人？」

「十人だ」

大男が、早口で囁(ささや)いた。

「じ、十人！」

話が違う。鹿(しか)を十頭撃つのとはわけが違う。熊(くま)を十頭でもない。人間を十人殺すのだ。生半可な仕事ではない。そもそも、十人もの人を殺して、精神は持つのだろうか。正気が保てるのか心配だ。

「数が増えた。十人の悪人を葬ってもらう」

能面のような顔で、玄蔵を睨(にら)みつつ厳命した。

「十人を倒した暁には、お前はたくさんの褒美を手に、家族を連れて丹沢に帰れる。希和や子供たちの邪宗信仰にも目を瞑(つぶ)る。無論、お前が望めば、武家に取り立ててやることも可能だ」

（なにが武家だ。冗談じゃねェ）

もう仕官などあり得ない。こんな惨酷で不実な連中の仲間入りは御免だ。

「多羅尾様、撃つのは一人のお約束でしたよね」

「一人とはゆうておらん」

「人を殺すんですぜ……尋常に考えれば一人でしょう。誰だってそう受け取りますよ」

「いや、十人だ」

居丈高に命じてきた。無表情の多羅尾、取り付く島がない。

（このお方が、なんとなく分かってきたよ）

チラチラと垣間見える多羅尾の本質は、結構な好人物なのだと思われる。ただ、役儀や仕事がかかると、己が本質を抑え込み、無感情に冷酷に遂行しようとする。これは先祖代々貧乏御家人としてやってきて「習い、性となった」ものに相違あるまい。おそらく多羅尾家は、この生き方で家督を営々と繋いできたのだろう。代々隠れ切支丹として信仰を守り抜いてきた希和の先祖と同じようなものだ。

「十人だなんて、どれほど時間がかかるか知れたものじゃねェ」

「くどい。前にも申したが、お前に選択肢はないのだ。もし断れば、切支丹の女房子供は磔か火炙りに処されよう」

「……そ」

玄蔵は肩を落とした。無力感に打ちのめされていた。自分は家畜や奴隷と同じだ。俯いて唯々諾々と侍たちの無理難題に従うしかないのだから。

「その代わり、ワシらも精一杯の手助けをする。お前の心身の負担を軽減させるためになる。道具の用意から、狙撃場所の選定、その場所からの離脱まで面倒を見る。お前は、ただ狙って撃てばよいだけじゃ」

「人をね？」

「ま、そうだ。ただし、悪人だ」

「そいつが、本物の悪人かどうかっていうのは、一体どなたがお決めになるんですかね？」

　その問いかけに、多羅尾は答えなかった。

――ギッシギッシと、相変わらず木の軋む音が、闇の中に響いている。揺れる狭い空間の中に横たわりながら、あれこれと思い悩んでいた。

　往路と同じく、四半刻（約三十分）ほどをかけて元の屋敷に戻った。

「多羅尾様？」

　目隠しも、縄目も解かれ、池の畔の隠居屋へと戻る森の道を辿りながら、前をゆく多羅尾に声をかけた。

「手前の女房子供は、今日のお屋敷でお世話になっておるのでしょうか？」

　多羅尾はしばらく躊躇している様子だったが、やがて「うん」と短く頷いた。

足元には、いつものように兎の糞が散乱している。玄蔵は顔を上げて森の植生を見た。小楢や椚、栗や樫が聳え、林床は青木や八手、笹などで覆われている。

(今日行った屋敷の森とよく似ている。そう言えば、牛の声も聞こえた)

二つの屋敷は環境がよく似ていた。四半刻ほど移動したから距離的には半里(約二キロ)かそこいらの隔たりだろう。植生がそんなに違うはずもない。江戸近郊なら、どこにでもある平凡な雑木林だ。兎が生息しているのも、近所の農家で牛を飼っているのも、特異なことではない。ただ。歩いて四半刻の距離で、家族が同じ空気を吸っている。同じように牛の声を聞き、同じような環境の中で暮らしているかと思えば、玄蔵は和んだし大いに勇気づけられた。

池の畔の隠居屋で、千代が出迎えてくれた。

「お帰りなさいまし」

こちらも感情の籠らない淡々とした声だ。彼女も多羅尾と同じで、己が本質を糊塗し、無感情を装っているだけなのかも知れない。本当は、明るく素直で健気な——

(ま、ねェか……)

美しいが能面のような千代の顔を見ながら、心中で冷笑した。

隠居屋では、千代の他に二人の男が待っていた。総髪に羽織袴を着た優男と、巨漢で人相の悪い着流し。前者は医師か学者といった風体だ。確かに目鼻立ちは整っているが、それを鼻にかけている風が見て取れる。少し嫌味な印象だ。後者は外見上、力士崩れにしか見えない。もし癇癪でも起こして暴れ出したら、こんな大男を一体誰が制止するのだろうか。

「紹介する。是枝良庵と千波開源だ」

「是枝にござる。よろしく」

「へへへ、開源と呼んどくれ」

「玄蔵と申します」

庭先と広縁で互いに会釈を交わした後、玄蔵は家に上がった。

この二人と千代が、玄蔵の仕事を手助けしてくれるそうな。現場で指揮を執るのは多羅尾で、裏で糸を引くのが鳥居——そんな布陣を敷くらしい。

(つまり、人殺し一味ってことかい)

そして、人を殺す担当は、外ならぬ自分だ。

「計画立案は良庵の担当である。こいつは、気障で女癖は悪いが頭は切れる」

多羅尾が、良庵を指した。

「拙者は女癖が悪いわけではござらん。女の方が勝手に寄ってくるだけにござる。日頃より迷惑してござる」

ぬっぺりとした役者のような顔をした秀才が、気分を損ねたように、指先で鼻を掻いた。彼は少壮の蘭学者である。長崎の出島で、阿蘭陀通詞を十四歳の頃から務めていた。阿蘭陀語は元より、医学、化学、天文学にまで通じている。組を率いる多羅尾の知恵袋、軍師役といったところか。

「蘭学ではなかなか食っていけず、苦労してござる」

「へへへ、年増女の紐が、今のこいつの生業よ」

「やかましい、ぼんくら！」

開源にからかわれて良庵が癇癪を起こした。意外に短気らしい。なまじ優男なので、怒ると般若のような恐ろしげな顔になる。

「拙者たち、鉄砲に関しては素人同然にござる。鉄砲名人の玄蔵さんが頼りだから宜しく頼むでござる」

と、玄蔵の目を見ながら口角をわずかに吊り上げた。これで微笑んだつもりだろうか。年増や寡婦はこれでイチコロなのかも知れんが、妻子持ちの鉄砲撃ちには、今一つ受けが悪い。

（こいつはもう、狐で決まりだな）

玄蔵は、嫌いな奴は大抵狐に準える。「ござる、ござる」とうるさいから「ござる狐」とでもしておこう。

「開源はこう見えて本職の絵師だ」

多羅尾が巨漢の紹介を始めた。背も高いが、肥満型で横幅があり、ちょうど畳に手足をつけたような印象だ。

「標的となる悪人の似顔絵を巧みに描く」

大男が、懐から人の顔を描いた半紙を取り出し、玄蔵に手渡した。

「これは……ほう、鳥居様ですね」

まさに「鳥居耀蔵そのもの」であった。最前まで睨み合っていた憎々しい顔だ。鳥居には、鼻が大きいとか、頬に傷があるとか、出っ歯だとか——外見上の特徴らしきものが見当たらない。それでも、この似顔絵は彼だとハッキリ分かる。よほどの画才なのだろう。

「へへへ、分かるかい？　似てるだろ？」

開源が呆けたようにニヤリと笑った。喋り方がまどろっこしい。少し知恵足らずなのかも知れない。

「ちなみに、開源が鳥居様に目通りしたのは一度きりだ」

「それも一瞬、廊下で挨拶しただけ……大した記憶力でござる」

多羅尾と良庵が大男を持ち上げた。

「へへへ、学問なんぞはからっきしで、あまり物覚えはよくねェ方さ。寺子屋にも通ったが、滅法出来は悪かったんだ」

開源が、首を傾げながら自分の特技を説明した。

「ただ、人の面だけはチラリと見れば頭に残る。不思議だな。どういう仕組みになってるのか、当の俺にも分からねェ。妙な才覚だよ」

「……ほう」

玄蔵はもう一度半紙に描かれた鳥居を見た。

(何度見ても鳥居だなァ。俺としては、見るだけで腹が煮えるわ)

自分にも鳥居を怒らせた非があるとはいえ、弓道場では徹底的にいじめられた。

「開源の似顔絵をよく見ておれば、人違いで別人を撃つこともあるまい」

「そうか、なるほどね」

玄蔵は多羅尾に頷いた。

これは有難いと思った。人違いで無辜の人物を撃ってしまうのが一番怖かったのだ。だからと言って、怪しまれたり警戒されたりするから、幾度も標的の下見に出向くわけにもいくまい。開源なら一度見れば顔を覚えるし、絵の腕前は極めつきだ。多少は馬鹿でも頼りになる。

（こいつは、獣に準えにくいな。図体のデカさから言えば熊なんだろうが、熊はあれでなかなか賢いからなァ。こいつとは随分感じが違う）

西瓜や柿を食害する熊は、熟して美味い部分だけを選んで食うし、胡桃はバリバリと噛み砕き、硬い殻だけを器用に吐き出す。玄蔵は猟犬を使わないが、犬を使う猟師仲間は必ず「犬より、熊の方が賢い」と口を揃える。

（ま、開源さんを獣に例えるのは保留しとこうかい）

そして最後の一人が千代である。

「千代は、掏摸や忍び込みを得意とする元女盗賊だ。改心して悪人退治に協力してくれている」

「……へえ、盗賊」

とは応えたが——内心では「嘘だ」と鼻で笑っていた。わずか数日だが、一つ屋根の下で暮らしたのだ。泥棒上がりの阿婆擦れ女とは到底思えない。むしろ武家の妻女だと端から睨んでいた。

明るく軽口などを叩き合っているが、彼らは人殺しを行う集団なのだ。

（ま、俺が気づかない嘘もあるだろうし、多羅尾もこの三人も、信用なんぞしねェことだなァ）

と、心中で己が眉(まゆ)を唾(つば)で濡(ぬ)らした。

二

「玄蔵、他になんぞ訊(き)きたいことでもあるか？」

多羅尾が玄蔵に質(ただ)した。

「ええっと、ちょっと待って下さい」

隠居屋の囲炉裏端(いろりばた)、多羅尾を中心に五人で話し合っている。

玄蔵は考えた。どこだかしっくりこない部分が確かにある。

（どこだろう？　俺は、なにが気に入らないんだ？）

と、思案を巡らせた。

元々、猟場での玄蔵は「一人猟師の忍び猟」を得意としていた。文字通り、気配を消して一人山中を歩き、獣に忍び寄ってドンと撃つ猟法である。勢子(せこ)が獣を追い出し、待ち方が撃つ「巻き狩り」は苦手だったのだ。

（一人でやるのが、俺には性に合っているからな）

仲間への遠慮や気遣いが煩わしかった。事故や失敗があると、どうしても責任のなすりつけ合いになってしまう。猟師の場合、互いに鉄砲を持っていて、かつ、山の中で人の目もないとなれば、恐ろしい展開だって考えられる。その点、一人猟なら、気楽なものだ。結果の成否はすべて自分に直結する。誰と揉める心配もない。

（だから危険な仕事であればあるほど、一人でやる方がいい）

心底からそう確信を持っている。

ただ、今後の標的は獣ではない。人である。子供の頃から慣れ親しんだ狩猟とはわけが違う。そもそも、江戸の地理に不案内だ。また、鉄砲を担いで江戸の町中を歩くわけにもいかない。狙撃を成功させるには、鉄砲の準備と狙撃現場への侵入、現場からの安全な逃走経路の確保が必要だ。玄蔵自身の好き嫌いにかかわらず、多羅尾たちと共闘するしかあるまい。

「一つ、ございます」

「なんだ？」

多羅尾が玄蔵を見た。

「まず、鉄砲で撃つからには、相手に忍び寄るなり、待ち伏せするなりしてドンと撃つわけです」

「だな」

「しかも、撃つのは十人と伺いました」

「御苦労だが、正義と大義のためじゃ」

「一人を撃つならば兎も角、狙撃を十回繰り返すためには、初手から極力目立たぬことが肝要かと思います」

「確かに」

良庵が頷いた。

毎回、目立つ赤い着物を着て現場に赴けば「赤の小袖を見たら狙撃に注意」と警戒されるようになる。その内、標的に近づくことさえ難しくなってしまうだろう。猟師は「木化け」「石化け」との言葉をよく用いる。獲物に気づかれぬよう、木々や石に同化し「気配を消せ」との猟師の心得だ。狙撃者は、環境に溶け込み、目立たぬことが肝要なのだ。江戸市中で撃つなら町人の格好をすべきだし、農村部でやるのなら百姓風の装いで臨むべきである。体軀は中肉中背、容色は色男でもブ男でもない方が目立たない。

「ところが」

玄蔵が続けた。

「まず、多羅尾様は蟀谷(こめかみ)の面擦(めんず)れの痕(あと)が酷(ひど)い。体軀はがっちりとして岩石のようだし、目つきも恐ろしげです」

多羅尾が「えらい言われようだな」と小声で零(こぼ)した。

「それから……」

玄蔵が良庵を指さした。

「良庵先生は、大層な色男だ。御自慢の面かも知れねェが、俺らの仕事を、やり辛(づら)くするのも事実です。若い女子(おなご)は皆、あんたが現場にいたことを覚えていると思うんですよね」

「フッ、罪な美貌(びぼう)にござるなァ」

良庵が、己が顔を片手で覆った。

「ガハハハハ」

開源が、さも嬉しそうに、良庵を指さして笑い出した。

「笑ってる開源さんは、雲つく大男だし、千代さんも目を引く美人だ……この一味は、誰もが特徴だらけで、あまり謀議を巡らし、悪党退治に勤(いそ)しむのに向いてるとは思えない」

「それは……ま、そうかな」

言われればその通りで、誰もが当惑し、口をつぐんでしまった。

「良庵、お前、薄化粧なんぞ金輪際やめろよ」

ややあって、苛々と多羅尾が良庵を戒めた。

「畏まってござる」

玄蔵は気づかなかったが、良庵、化粧をしているらしい。

「まったく、ナヨナヨしやがって」

多羅尾が舌打ちをし、良庵が多羅尾を睨みつけた。

「ま、拙者は策を練るのが仕事でござる。必ずしも、現場に出向かなくても構わぬでしょうからな」

「現場に行かんで策の絵図が描けるのか？」

「ふん、ここの出来が違うでござるよ」

と、指先で蟀谷の辺りを二度叩いてみせた。多羅尾と開源が鼻白んで冷笑した。千代の顔には相変わらず表情がない。

(こいつら互いに、仲は良くなさそうだな)

その後、しばらく沈黙が流れた。囲炉裏にくべた薪が「バチッ」と爆ぜた。

「ワシは面擦れの痕を隠せばよいだけだから、頬被りなり、菅笠を被るなりするとしよう。千代は地味な小袖を着て、化粧をせねばなんとかなる。ただ、開源のでかさばかりは隠しようがないな」

開源の上背は、六尺（約百八十センチ）に近い。この時代とすれば、大男である。人込みを歩けば頭一つが突き出る。そんな巨体が、似顔絵を描くために出歩き、標的に近づかねばならない。

「目立つだろうなァ。なにせ六尺あるからなァ」

「いくら俺でも、標的の顔を見なけりゃ似顔絵は描けねェよ」

多羅尾と開源本人が、相次いで溜息をついた。

「ま、御番所に、御免駕籠（ごめんかご）を願い出るしかなさそうにござるな」

良庵が対策を思いついた。

江戸期の駕籠は、身分により厳しく制限が設けられていた。江戸府内で庶民階級が乗れる町駕籠――現代のタクシー、ハイヤーに相当――は三種類。まず、辻（つじ）駕籠に使われる簡易な四手（よつで）駕籠。商人や役者、学者などの富裕層が乗ったあんぽつ駕籠。宝泉寺（ほうせんじ）駕籠は、町駕籠としては最上級の格式で、特別の祭礼や式典などの折に使われた。

また、庶民が駕籠を私有することも、御番所の許可を受ければ認められた。今でいう自家用車である。これを御免駕籠と呼ぶ。

「拙者の朋輩に蘭方医がいる。彼に名義を借りれば、御番所の許諾はとり易いと思うでござる。御免駕籠は辻駕籠と違って外から中は見えない。大男が乗っていても分からない。小窓が付いているので、反対に中から外はよく見えるのでござる」

良庵は、その御免駕籠に開源を乗せ、標的に接近、小窓から相手の顔を確認させようというのだ。

「その駕籠は、何人で担ぐんだ？」

多羅尾が訊ね、開源の大きな体を煙たそうに眺めた。

「そりゃ二人でござる……開源さん、あんた目方はどのぐらいだな？」

良庵が質した。

「三十貫（約百十三キログラム）ぐれえかなァ」

「チッ、女三人分でござるか」

良庵が舌打ちをした。

（三十貫なら大熊並みだァ。売れば十両（約六十万円）にはなる）

玄蔵は心中で苦笑した。

「担ぎ手は四人要るな……それはそれで目立ってしまうよ」

多羅尾も顔を顰め、八つ当たり気味に開源を睨んだ。

「おい開源、お前は肥え過ぎだよ。痩せろ！」

「む、無茶な」

食事の量を減らされそうな開源が青褪めた。

「狙撃現場には必ず、六尺豊かな大男か、珍しい四人担ぎの駕籠がいる……有名になっちまうなァ」

「やはり駄目でござるかなァ」

「そんな、人を熊みてェに言うな。身を屈めて歩けば、そうそう目立たねェよ」

開源が不満げに口を尖らせた。

「駄目だ。身を屈めたぐらいじゃ、十分に目立つ」

「あの……」

ずっと黙って聞いていた千代が発言を求めた。

「今ここで思い悩み、謀を停滞させるのは上策とは申せませんでしょう。障害は障害としてひとまず脇に置き、話を前に進めるべきかと思います」

小さな問題が出てくる毎に足を止め、その場で侃々諤々やるのは「無駄だ」と千代は言うのだ。一旦「棚上げ」にした上で、話を前に進めるべきだと。

「では、そう致そうか」

多羅尾が千代の意見を容れ、一同を見回した。

「一つ、よろしいでござるか？」

良庵が小さく挙手をした。

「なにせ得物は、火縄銃にござる。発射音が周囲に轟くのは防げません」

「白煙と火柱も盛大に出ような」

「然り」

と、多羅尾に頷き、良庵は続けた。

「鉄砲が放たれたことは一目瞭然。周囲は騒然となるでござる」

「大騒ぎになろうな」

「さらには、疚しいところのある者どもは、誰もが警戒するでござろう。仕事は次第に遣り辛くなっていく。十人目を撃つ頃には、成功は覚束なくなっているでござろうよ」

「ふん。色々と問題が出てくるものだなァ」

多羅尾が腕を組み、天井を見上げた。

「良庵先生は……」

玄蔵が久しぶりに口を開いた。

「『風砲』という異国の飛道具を御存知で？」

「や、聞いたことはござらん」

「火薬を用いず、空気を圧縮し、その圧力で鉛の弾を撃ち出す武器にございます」

「よう分からんが……それが如何（いかが）した？」

多羅尾が玄蔵に質した。

「音が、ほとんどしません」

「ほう」

「火柱も煙も出ません」

「そんなもの、人を倒す威力があるのか？」

「阿蘭陀国のある欧羅巴（ヨーロッパ）では、戦にも使用しているやに伺っております」

風砲——空気銃の日本での名称である。欧州では、狙撃手に空気銃を持たせて木に上らせ、敵の指揮官を狙撃させた。音も煙も火柱も出ないので、狙撃手の居場所が敵に発見され難（にく）く、次々に多くの将校がその犠牲となった。

風砲の本邦への伝来は意外に早く、約二百年前の寛永（かんえい）年間である。阿蘭陀商館から将軍家への献上品であるそうな。

「玄蔵は、その風砲とやらを持っておるのか？」

「いえ。ただ、入手の当てはございます」

「どこで手に入れる？」

「それは……」

言い淀(よど)んだ。当てにしている入手先の名を出すことで、先方に迷惑がかからぬかと心配したのだ。

「平戸屋か？」

「……あ」

図星を多羅尾に言われてしまった。

（そうか、ゲベール銃の件で、多羅尾はすでに平戸屋を調べたんだな）

「ゲベール銃と同様に、風砲は異国の武器にございます。おそらくは御禁制の品かと思われまするが、その辺は？」

「幕府の目付と徒目付(かちめつけ)が率いる役儀である。当然、お目こぼしがあろう。平戸屋を糾弾することはないから安堵(あんど)致せ」

「畏れ入ります」

と、平伏した。

その夜、玄蔵は囲炉裏端で鉛弾を作っていた。今作っているのはゲベール銃用の大きな弾丸だ。直径が六分（約十八ミリ）もある。つくづくデカい。こんな鉛弾が神速で体内を突き抜けたら大穴が空く。確実に死ぬ。

千代が厨から盆にのせた湯呑を持って現れ、玄蔵の傍らに白湯を置いた。

「ありがとうございます」

そのまま、千代は玄蔵の傍らに端座した。

「多羅尾様から伺いましたが……御妻女が手に持たれた蜜柑を、見事に撃ち抜かれたそうですね」

「はい」

作業の手を止めずに、短く答えた。鉄砲の腕を褒められるのは嬉しかったが、それよりも多羅尾が千代に、希和の切支丹信仰について話していないかの方が気がかりだった。多羅尾は「自分と鳥居のみが、切支丹の件を知っている」と約束していたが、そうそう口の堅い男にも見えない。

「鳥居様は厳しいお方です。でも、貴方様は腕前をお示しになった。鳥居様は、実力のある者なら分け隔てなく、正当に扱って下さいます」

千代が玄蔵を励ますように言った。

「あんたもそうですか？　鳥居様から正当に扱ってもらっていますか？」

ここで手を止め、千代を見た。

千代と目が合った。しばらく見つめ合っていたが、やがて——

「そうですね。そうだと思います」

それだけ言うと目礼して立ち上がり、囲炉裏の向こう側へと移動して座り、繕い物を始めてしまった。少しだけ、心を開いたようにも思えたのに、千代はまた押し黙ってしまった。

「見張っている玄蔵と、少し打ち解け過ぎた」と反省しているようにも見えた。もうこれ以上は話しかけない方がよいのかも知れないが、いい機会である。どうしても訊いておきたい疑問をぶつけてみた。

「多羅尾様はあんたのことを『女盗賊だ』と仰っていたが、俺にはどうも、違うような気がします」

「なぜ？」

繕い物の手を止め、顔を上げた。

「なぜって……ま、なんとなくですけど」

「あら」

もう四日、一つ屋根の下で暮らしているが、千代が微笑んだのはこれが初めてのことだ。笑うと両の頰に笑窪(えくぼ)ができる。愛嬌(あいきょう)のある、いい笑顔だと思った。

「笑顔と泣き顔に、その人の性根は出るもんだ。日頃、人は取り繕って生きとるから真顔では分からんのさ」

死んだ親父(おやじ)が、繰り返し言っていた言葉だ。

三

翌朝、玄蔵は、多羅尾と良庵を案内して平戸屋へと出向いた。

中渋谷から神田佐久間町まで片道二里半（約十キロ）はある。往復五里（約二十キロ）の小旅行となるから、明け六つ（午前六時頃）には松濤の屋敷を出た。

道すがら、玄蔵は丹沢での狩猟生活について、多羅尾から問われるままに語った。

「鉄砲を一発撃つと、その沢筋から獣という獣は一匹もいなくなってしまいます」

「猟師がいると知り、逃げちまうのか」

「左様で」

その一発が、熊や鹿、猪(いのしし)などの大物ならば構わないのだ。たとえ猟果が一頭でも、担いで帰れば、胆(きも)や肉や皮を売って十分に採算が取れる。ただ、もしその一発が、兎や狸などの小動物に向けられた場合、これは間尺に合わない。一日歩いて兎一匹では採算が取れないから、無理をして尾根を越え、次の沢を目指さねばならない。効率が極めて悪いのだ。

そこで玄蔵は、発砲音がしない（または極めて小さい）風砲の購入を考えた。

「兎や狸を撃つ場合と、熊や猪を撃つ場合で、気砲と火縄銃を使い分けたらいいと考えました」

「よい手立てではないか。なぜ風砲を入手しなかった？」

「ま、さすがに二挺を担いで山歩きはできねェと、後から気づいたんで」

「馬鹿……」

多羅尾と良庵が苦笑した。

風砲の威力では熊や猪、鹿や羚羊などの大物は倒せない。大は小を兼ねるで、猟に持参するなら、どうしても火薬の鉄砲を選択することになってしまう。玄蔵が、風砲の導入を見送った所以であった。しかし、多羅尾の配下として悪人退治に勤しむ場合なら、人手もあるし、藪を漕いで山を彷徨うこともなかろうし、状況に応じ得物の選択肢の一つとして空気銃を加えることも可能だと考えた。

「色々取り揃えて使えよ。鉄砲には、それぞれ長所短所があるらしいから、状況に応じて選択肢は多い方がいいだろう。銭はどうせ鳥居様が出してくれるんだ。お前らやワシが気に病むことじゃない」

　多羅尾が太っ腹なところを見せた。

　江戸城の外堀に沿い、その東岸を北上した。右手は、京橋から日本橋へと至る江戸一番の繁華な町屋である。左を見れば、幅が一町（約百九メートル）以上もある外濠を隔てて、広大な大名屋敷が軒を連ね、甍を競っていた。

「水濠の幅はどうして決めたと思う？」

　前を行く多羅尾が、歩きながら玄蔵に振り返った。

「鉄砲でしょう？　多分、攻め手が狙って撃っても、当てられない距離にしたんだ」

「一町離れると、やはり難しいものかね？」

「ま、普通はね。狙って当てるなら、半町（約五十五メートル）まで近づけって、よく言いますよ」

「ほう。でもお前なら一町超えでも当てられる。そうだな？」

　と言って、ニヤリと笑った。

濠に架かる鍛冶橋、呉服橋を経て、閑静な駿河台のお屋敷街を抜けた。旗本屋敷の敷地は広いし、長屋門も押し出しは立派だが、所々で土塀の崩れが目についた。漆喰が剝がれても放置している屋敷が多い。天保期、武家の困窮が偲ばれた。

筋違橋御門の枡形虎口を潜って神田川を北へと渡る。左へ行けば昌平坂の湯島聖堂、正面に向かえば上野寛永寺、右に折れれば蔵前を経て大川に出る。平戸屋が店を構える佐久間町は、その途中の外神田にあった。

外神田——神田川の北側をそう呼んだ。ちなみに、南側は内神田。

「良庵は、平戸屋佐久衛門を存じておると申したな」

筋違橋を渡り切ったところで、多羅尾が足を止め、良庵に振り返った。

「はい。長崎時代、幾度かお見掛けし申した」

「昵懇というほどではないのか？」

「出島には阿蘭陀通詞が百名以上もおりましたが、それぞれ馴染が決まっており、平戸屋さんには、幾人か大通詞や小通詞の方がついておられたでござる。拙者なんぞは、とてもとても、近寄らせてもらえませんでしたな」

「通詞の渡世にも『縄張り』があるということか？」

「そりゃね、『縄張り』も『依怙贔屓』も『恨み』も『嫉妬』も、なんでもたんとござるでござるよ」

秀才が、足元に唾を吐いた。通詞の世界もなかなかに窮屈そうだ。

平戸屋は、神田川に面し、広大な火除地を望む一等地に豪奢な店を構えていた。海外の物産を扱う廻船問屋といっても、二百年前の寛永年間に発せられた海外渡航禁止令は今でも機能している。なにも、平戸屋が海外航路に乗り出しているわけではないのだ。

平戸屋の業態は以下の如し——廻船で日本中から輸出可能な物産を掻き集め、阿蘭陀商館に収める。代わりに金持ちが喜びそうな物品を払い下げてもらい、それを江戸や大坂で売るのだ。樟脳、乾物、漆器、刀剣、それに金や銀が主要な輸出品目であった。逆に、生糸、絹織物、毛織物、綿織物、薬品、工芸品などを輸入した。

ただ、金銀を「輸出する」ということは、つまり、日本国内での金価格、銀価格が国際標準より割安だったということの証左である。阿蘭陀商人は、日本で安く買いつけた金銀を、海外で高く売り、その利鞘で大儲けをした。これは日本側から見れば、貴重な金銀がどんどん海外に流出する由々しき事態である。幕府は元禄、正徳、寛政と次第に阿蘭陀貿易を縮小制限、天保期の現在では、年に数隻が出島に来航する程度にまで落ち込んでいた。

「阿蘭陀貿易は、幾分か落ち込んでいるのかも知れんが、平戸屋の羽振りは、大層なものだなァ」

間口十間（約十八メートル）を超す平戸屋店舗の前に立ち、多羅尾が羨ましそうに呟いた。

江戸期、成熟した国内経済の富は、武家から商家へと移ろっており、大店ともなれば、小大名家の年間予算を凌ぐ資産を保有していた。なにせ幕府諸藩の税制は米中心であり、商人に対しては累進性のある法人税、所得税がかからない。ごくわずかな冥加金や運上金の負担のみでお茶を濁していた。要は、儲け放題、蓄財のし放題だったのだ。

自然、大商人たちの暮らしぶりは贅沢を極め、平戸屋が用意する異国の珍品に銭を惜しむことはなかった。幕府の貿易制限にもかかわらず、平戸屋佐久衛門の羽振りがよいはずである。

ここは、玄蔵にとって感慨深い場所であった。十年前にこの店で希和と出会い、恋に落ちた。九年前に夫婦となり、今では二人の子を儲け、幸せに暮らして——ほんの八日前、多羅尾が声をかけてくるまでは、本当にそうだったのである。

「これはこれは多羅尾様、ようおいで下さいました」

平戸屋佐久衛門は平身低頭、慇懃な態度で一介の御家人に過ぎない徒目付を出迎えた。「凍りついた笑顔」とでも形容すべき引き攣った表情だ。

玄蔵にも、大概の想像はついた。

元奉公人の切支丹信仰について、よほど厳しく詮索吟味されたのだろう。

江戸期の大商人は、巨大な富を保有してはいたが、幕府などの公権力の横暴に対してほとんど無力だった。総資産二十億両——宝永期の一両の価値で計算すると二百兆円——を誇った大坂の淀屋辰五郎でさえ「贅沢が目に余る」との一言の下に闕所（財産没収）処分を唯々諾々と受け入れざるを得なかった。また、天保六年（一八三五）には薩摩藩が、豪商たちからの借財計五百万両（約三千億円）を期間二百五十年の無利子均等返済とし、事実上踏み倒している。

「玄蔵さん、元気にしておられたか？　希和は息災かい？」

平戸屋佐久衛門は、玄蔵に型通りの挨拶を済ませると、顔を寄せて声を潜め——

「大変なことになりましたねぇ」

と、呟いた。

「旦那様、御迷惑をおかけ致します」

玄蔵は深々と頭を垂れた。

彼が平戸屋を訪れるのは、ゲベール銃を購入した二年前の冬以来である。

多羅尾は、希和が切支丹であることを嗅ぎつけ、玄蔵を脅し、言うことをきかせている。もし、玄蔵が彼らの命に背いたり、乃至は狙撃という役目をしくじった場合、多羅尾は上役の鳥居耀蔵とともに、希和を「邪宗の信仰を持つ者」として告発するだろう。その場合、元の雇い主である佐久衛門も只では済まない。下手をすると、店を潰されかねない。

佐久衛門は、玄蔵にとって女房の親代わりのような人物である。恩人を守るためにも、玄蔵は、多羅尾たちの命――不条理な要求なのだが――に従い、期待に応えねばならないと腹を括った。

玄蔵たち三人は、平戸屋の客間に通された。

二年前にも玄蔵はこの客間に入れてもらった。八畳の日本間が三部屋連なり、畳の上に深紅の分厚い敷物――絨毯とか段通とか呼ばれているそうな――が敷かれている。大きな円卓を囲んで洋式の椅子が八脚置かれ、襖絵は（揮毫や絵画ではなく）すべて絵地図であった。舶来の世界図らしきものから、伊能忠敬の日本輿地図の写し、江戸各地の切絵図までが三部屋分の襖にびっしりと貼付されていた。

「お、これは長崎の絵図でござるな？」

良庵が一枚の地図に歩み寄り、指さした。

「良庵先生とは長崎で幾度か……確か、御出身も長崎でしたかね？」

佐久衛門が質した。

「はい、籠町（かごまち）でござる」

「あ、では、唐人町の」

「すぐ近傍でござる」

佐久衛門の多羅尾への緊張も、玄蔵と良庵との会話で次第に緩んでゆき、いつもの穏やかで福々しい佐久衛門が戻ってきた。

「さあさ、どうぞこちらへ」

四人で円卓を囲むようにして腰かけた。一応、多羅尾が床柱を背にして座ったが、円卓を皆で平等に囲んでいるのは間違いない。身分差が相対化されているようで、玄蔵には居心地がよかった。

「ああ、はいはい、阿蘭陀風砲ねェ」

玄蔵が問うと、佐久衛門は困惑し、多羅尾の顔をチラチラと窺（うかが）った。

「佐久衛門殿、風砲は大事なお役目に使おうと思っておる。御禁制の品云々（うんぬん）は心配無用じゃ」

「さ、左様でしたか」

佐久衛門は安堵の表情を浮かべ、話を続けた。

「阿蘭陀風砲もよいのですが、実はもっといい得物があるんですよ」

と、佐久衛門が玄蔵に顔を寄せ、小声で囁いた。

二十三年前の文政(ぶんせい)元年（一八一八）。十七世紀に献上され、幕府の宝物蔵で眠っていた阿蘭陀風砲が修理に出された。修理を請け負ったのは当代一の鉄砲鍛冶、国友一貫斎(くにともいっかんさい)である。彼は風砲を修理すべく分解してみたが、その過程で、風砲の持つ技術的欠陥を看破し、解決策もすぐに思いついた。修理は一月(ひとつき)ほどで簡単に済んだ。

翌文政二年。一貫斎は風砲を元にして、独自の改良を加えた空気銃「気砲」を作ってしまった。国産空気銃の第一号だ。

気砲——銃身は鉄製、機関部は真鍮(しんちゅう)製である。全長は五尺（約百五十センチ）あり、通常の火縄銃より少し長目だ。銃身長は三尺三寸（約九十九センチ）、口径は四分（約十二センチ）弱で、二匁（約七・五グラム）の鉛弾を使用する。特筆すべきは、二十発近くも「連射が利く」ことだ。総じて、風砲を遥(はる)かに凌駕(りょうが)した堂々たる兵器といえた。

「御公儀は気砲の恐ろしさに気づきました。残念なことに、文政三年（一八二〇）には、その製造が禁じられてしまったのです」

「なんと」

玄蔵は肩を落としたが、良庵が介入した。

「禁じられたのは製造だけにござるか？」

「如何にも」

良庵の指摘に、佐久衛門がニヤリと笑った。

「とすれば、それまでに作られた気砲なら、所有しても、使用しても、お咎めはなしのはずにござるな」

「確かにそうだ」

多羅尾も同調した。

「旦那様、その気砲とやら、手に入りましょうか？」

玄蔵が身を乗り出した。

「はいはい。平戸屋佐久衛門に、入手できぬ物はございません」

そう言ってから、慌てて多羅尾を窺った。

「勿論、御公儀のお許しが出る範囲内においてですが……」

「平戸屋殿、御心配あるな。ワシは貴公の味方じゃ」

幕府徒目付が、ニンマリと微笑んだ。

言葉の通り、佐久衛門は気砲を取り寄せてくれた。

三人で佐久間町の平戸屋を訪れてから七日ほど経って、品物が松濤屋敷に届けられたのだ。

厳重な包装の中から現れたのは、意外に細身の鉄砲であった。空気銃だから、黒色火薬の爆轟に耐える必要がない。つまり、銃身の鉄が薄くて済むのだ。当然、軽い。ただ、銃床の部分だけが目立って膨らんで見えた。ちょうど人の太腿の形状か。ここに空気を溜める仕掛けになっているらしい。

「これ、三十五両（約二百十万円）だそうでござるよ」

「さ、三十五両！」

良庵に耳打ちされ、思わず玄蔵は大声を上げた。座って聞いていた千代が目を丸くしている。彼女が三十五両に驚いたのか、それとも玄蔵の声に驚いたのかは、よく分からない。

「へへへ、多羅尾様がよォ。自分の俸禄と『あまり変わらん』と零してたぜ」

と、開源が大きな体を揺すって笑った。

ま、厳密には百俵五人扶持（約三百万円）だから、多羅尾の年俸の方が上ではある。

ただ、二年前にゲベール銃は十五両（約九十万円）した。ゲベール銃は、独逸国製で阿蘭陀国を経て大海を渡り、遥々輸入された異国の武器である。国産である気砲の三十五両が、如何に高価かが知れよう。これには理由があって、水戸の徳川斉脩公や老中松平乗保公、松平定信公ら天下の名士が、競って気砲を注文したことでその名声が挙がり、さらには、新たな製造が禁じられたことで希少価値が加わった。その上での三十五両かと思われる。

余談ながら――ゲベール銃は、この後、幕末が近づくにつれてドンドン値を下げた。銃身内部にライフル加工を施したミニエー銃やエンフィールド銃の人気に押されたのだ。慶応三年（一八六七）には、一年の内に五両から三両へと暴落したが、対するミニエー銃は、十二両と価値を保っている。

早速、気砲を試してみることになり、良庵、開源と三人で隠居屋の外に出た。珍しく千代も後から付いてきた。

今年の立春は、旧暦の一月十四日だった。今日は閏一月の五日だから、雨水を五日ほど過ぎた頃――新暦で言えば二月の二十五日に相当する。まだまだ寒い。池の水面は結氷したままだ。

同封してあった国友一貫斎直筆の仕様書「気砲記」を頼りに、気砲の銃床部に空気を溜めていった。空気を溜める行為を、気砲記では「生気」と表現してある。ちなみに、空気を溜める銃床部は「蓄気筒」と命名されていた。

気砲を、銃口を下にして両手で持ち、銃口から付属の棒状の管（生気筒）を挿入する。生気筒の下部には横棒がついており、それを両足で踏んで押さえ、安定させる。後は数百回も根気よく上下運動を繰り返すと、やがて空気は蓄気筒内に溜まり、圧縮された状態になる。ただし、これは簡単なことではない。なかなかに大変だ。最初は軽いが、空気が溜まってくると上下運動が段々重たくなる。

「俺がやろうか？」

延々と気砲を上下させ、疲労困憊している玄蔵に、開源が申し出た。大男の開源は背も高いが、腕や肩は筋肉が隆々と盛り上がり、如何にも膂力がありそうだ。

「いやいや、止めときましょう」

汗を拭き拭き、肩で息をしながら玄蔵が首を振った。代わってもらいたいのは山々だったが、なにせ「三十五両のお宝」だ。さらには「悪人退治の切り札」となるかも知れない大事な得物である。

「見た通り気砲は華奢にできております。怪力の開源さんが力任せにやると、壊してしまいそうで心配だ」

「ハハハ、確かにそうだ。開源さん、止めておくでござるよ」

美男の秀才が、愉快そうに目を細めた。

「お、俺だってそこまで馬鹿じゃねェさ……手加減ぐれェはするよ」

折角の親切心を無下に断られ、すこしトロい開源が不満げに呟いた。

コキコキコキコキコキコキコキコ、コキ、コキ。

玄蔵はさらに二百回ほど上下させてから気砲を置いた。

「こ、こんなもんだろう」

喘ぎつつ、玄蔵が呟いた。汗が噴き出て、その背中からは、白い湯気が濛々と立ち上っている。

もう限界だと判断したのにはわけがあった。生気筒が重くなり、動かし辛くなったこともあるが、それ以上に、銃床を兼ねた蓄気筒が、酷く熱を持ち始めたからだ。異常に熱くなっている。

「玄蔵さん、撃ってみるでござる」

興味津々で良庵が急かした。

乱れた呼吸を一刻でも早く整えるのは、猟師の心得だ。尾根まで駆け上り、眼下を逃げる獣を狙い撃つこともある。喘いだままでは、銃口が動いて狙いは定まらない。

玄蔵は瞑目し、神経を集中させ、呼吸が収まるのを待った。ま、試し打ちである。逃げる熊を狙うわけではない。荒い息も、八割方収まれば十分だろう。

「ハアハア……ハア、ハア」

二匁（約七・五グラム）の鉛弾を機関部に装填し、撃鉄を引き起こした。

狐の顔を模した美麗な真鍮製の撃鉄だ。ただ、火薬を使う銃ではないから、火花を生じさせる目的の撃鉄とは違う。溜めた空気をわずかだけ吹き出すための関門であるそうな。

気砲を持ち上げ、ソッと構えた。立ち放ち（立射）の体勢で構えた印象は——悪くない。重くもなく、軽さも然程気にならない。それなりにズッシリと感じる。

「赤いのが、一枚見えるでしょ。あれに当ててみて下され」

良庵が指さした氷の上、昨秋の紅葉が乗っている。銃口を向けた。先目当（照星）も元目当（照門）もちゃんと設えてあり、実用性が高い。

（距離は、十間（約十八メートル）弱のやや撃ち下ろし。風はない……まず、そのまま狙ってみるか）

距離が短いので、弾道が描く弧（放物線）を考えずに、そのまま真っ直ぐに照準することにした。引鉄をじんわりと引き絞る。カタンと乾いた音がして、狐の撃鉄が下がり——

バスッ。

反動はほとんどない。得物が暴れないので、命中精度は高いはずだ。

バシッ。

だが弾は、紅葉から二寸（約六センチ）手前の氷を削って跳ねた。

「惜しい」

良庵が本気で惜しそうに呟いた。

（非力だな）

——そんな感想を玄蔵は持った。一般に、撃ち下ろしの弾は伸びるものだ。そのはずが、距離十間で手前に落ちた。「弾がお辞儀をする」というような表現もする。やはり非力であった。わずか十間でも弾道を予想し、やや上を狙わねばならないということだ。

（これだけ弾が遅いと、動く的に当てるのは至難の業か）

次弾を込めながら考えた。

発射から弾が的に届くまで、時がかかればかかるほど、その間に動く的は大きく移動してしまう。つまり当たらない。

狐の撃鉄を起こし、気砲を構えた。今度は紅葉一枚分、上を狙った。

バスッ。

弾が紅葉を弾き飛ばした。

「お見事！」

「さすがだなァ」

良庵と開源は喜んでくれたが、玄蔵の表情は冴えない。気砲に、期待していたほどの威力がなかったからだ。

「これで人を倒すなら、二十間（約三十六メートル）が限界ですよ」

「二十間では不足でござるか？」

良庵が、美しい切れ長の目を見張った。

「拙者には、相当な距離だと思えるのですが」

確かに空気銃としては凄い性能なのだ。兎や狸などの小動物や枝に留まっている鳥を撃つには申し分のない優れた得物だと思う。むしろ「人を密かに狙撃しよう」などという玄蔵の使用目的自体が異常なのだ。

「二十間では、もし標的に仲間がいれば、狙撃されたことに気づかれると思います。わざわざ音がしない気砲を求めた甲斐がない」

どうせ露見するなら、音など気にせず、一町（約百九メートル）彼方からゲベール銃をブッ放せば済む話だ。

四

「おいおいおいおい。困るよ今さら……」

多羅尾が肩を落とした。玄蔵は松濤屋敷の母屋にある多羅尾の部屋を、良庵とともに訪れ、平伏している。

「玄蔵、気砲が役に立つと申したのは、お前ではないか」

最前から冷たい雨が降り出した。多羅尾は火鉢を引き寄せ、寒そうに手を炙った。

「も、申し訳ございません」

玄蔵は畳に額を擦りつけた。

「三十五両だぞ。勿体ない……死に金かよ」

「勿論、使い方にもよるかと思われまするが……」

「どう使う？」

多羅尾が身を乗り出し、玄蔵に向けて目を剝いた。

「そりゃ、色々とあるでござろうよ」

脇(わき)から良庵が助け船を出してくれた。

「これから十人もの悪党を退治するのですから。銃声をたてられないところで仕掛ける場合など、必ずや気砲は重宝するでござる」

「たとえば何処(どこ)だ？」

「江戸城内とか」

「馬鹿ッ。城内での暗殺などあり得ない。公方(くぼう)様に御迷惑をおかけする」

「じゃ、お寺の境内(けいだい)とか」

「それもいかん。罰(ばち)が当たる」

「そもそも、暗殺そのものが罰当たりでござろうよ」

良庵が辟易(へきえき)しながら言葉を返し、会話は途切れた。八畳間に火鉢は一つきりだ。玄蔵と良庵には手炙りさえできない。ややあって――

「鳥居様に叱(しか)られるのはワシなのだ」

多羅尾がポツリと零し、深い嘆息を漏らした。

「あの方のことだから、よほど酷い嫌味を言われるだろうよ。しばらくは絶望で立ち直れんようになるからなァ。なまじお育ちがよいものだから、悪口雑言の類(たぐい)をあまりご存じない。それで、どうなると思う？」

「さ、さあ」

睨まれた良庵が困惑の態で答えた。

「馬鹿とか阿呆とか、同じ言葉を延々と繰り返されるのよ。それはそれで辛いものだぞ。ワシは、そういう所が大嫌いなのだ……え？」

ここで多羅尾が血相を変えた。

「いやいやいや。別段、鳥居様が嫌いだと申しておるわけではないぞ」

一人でまくし立てている。口を挟む暇もない。

「と、鳥居様のことは大好きだ。尊敬しておる。すべてを捧げる覚悟じゃ……と、申しても衆道的な意味ではないが」

胥吏、頼むに足らず——良庵と玄蔵は無言で平伏した。

陽が落ちると、雨は雪へと変わった。

玄蔵は風呂に入っている。伊勢原の家と同じ五右衛門風呂だ。浴槽は鉄釜で、その下で直接に火を焚き湯を沸かす。当然熱いから、釜の底に簀の子を敷き、それを踏んで湯に浸かった。うっかり簀の子を踏み外すと、足の裏を火傷しかねない。

「お湯の加減は如何ですか？」

火吹竹を手に焚付口にしゃがんだ千代が、浴室内の玄蔵に声をかけた。

「ご、極楽です」

同じ会話を同じような状況下で交わした記憶がある。ほんの二十日ほど前のことだ。相手は千代ではなく、女房の希和だった。浴室の入口で父親の入浴風景を眺めていた幼い兄妹の姿もない。玄蔵とその家族の運命は、大きく変わってしまったのだ。

「ね、千代さん？」

「はい」

雪が降る静かな夜である。もう十日ほどで啓蟄だから、この冬最後の雪となるかも知れない。

「あんた、風呂に入らないよね」

「……………」

返事がない。

千代が、玄蔵の監視役であることは疑いようもない。入浴中に玄蔵が逃走すると後れを取るので、入浴しないのかも知れない。

「俺は、逃げたりしませんよ」

またも返事がない。そこに彼女はまだ居るのか、不安になる。

「女房子供を人質に取られてるんだ。逃げようがないじゃないですか」

三度、返事は戻ってこなかった。

多羅尾は玄蔵に「千代に夜伽(よとぎ)をさせてもよい」と言った。彼女は若く、稀(まれ)に見る美女だ。多羅尾はなぜ、そこまで玄蔵をもてなそうとするのだろうか。

(女房の切支丹信仰で脅した上に、女への情欲で雁字搦(がんじがら)めにしようって魂胆だ。多分そうだ。他に考えられねェ)

ただ、玄蔵が思うに、多羅尾の策は的を外している。

とかく世の中は儘(まま)ならぬものだ。殊に江戸期——上は将軍から、下は水呑(みずのみ)百姓まで、日本人は誰も、規則や習慣、身分や組織に縛られ不自由に暮らしていた。

その中で、猟師だけは別世界の住人である。

一旦(いったん)、猟師が山に入れば、彼を束縛する頸木(くびき)は何一つとしてない。獲物がいないとか、雪崩(なだれ)が怖いとか、藪蚊(やぶか)が五月蠅(うるさ)いとか、山にも不自由は様々あったが——少なくとも、人的な頸木は存在しなかった。これに勝る贅沢があろうか。これに勝る悦楽があろうか。玄蔵が、一人きりでの忍び猟を好む所以(ゆえん)である。

湯に顔を半分浸し、蛙(かえる)のように天井を睨みながら、彼は自分で自分に問いかけてみた。

（希和には済まねェが、俺も男だ。正直なところ、千代さんを好きにしたいと思わなくもねェ）

ただ、もし美女との閨事（けいじ）と猟師の暮らしを天秤（てんびん）にかけられ、どちらかを選べと言われれば、自分はどうするだろう。

（迷うことなく、猟師を選ぶね）

これは本心だ。無理はしていない。

（や、でも待てよ）

今の自分の状況はどうだ？　猟を止め、不自由をかこって江戸で暮らしている。女房子供を守るためだ。それはつまり、猟より女房子供、自由より束縛を選んだ――そういうことではないのか。

（頭が混乱してきたぜ。他のことを考えよう）

「ね、千代さん？」

「はい」

「あんた、狭間筒って鉄砲を知っていなさるかね？」

「……はい」

少し間を置いて、考えてから答えた。そもそも泥棒や掏摸が、ましてや普通の家の娘が、狭間筒などという特殊な火縄銃の存在を知っているはずがない。

(ハハ、千代さん、開き直ったな……自分が素人ではないと白状したようなもんだ)

おそらく千代は、泥棒でも掏摸でもあるまい。様々勘案して玄蔵が思うに、ひょっとしたら――女忍だ。

若く剽悍な猟師を見張り、もし逃げようとすれば取り押さえねばならない。しかも、女手一つでだ。技量として忍び込みや掏摸をこなし、その上で色仕掛けでも組み打ちでも男を制圧し得るとしたら、これはもう普通の女盗賊などではない。女忍以外の選択肢はなかろう。

「俺の仕事に狭間筒は使えるんじゃないですかね。どう思います?」

狭間筒――全長は一間(約一・八メートル)に、重さは三貫(約十一キログラム)に近い長大な火縄銃である。銃身が長い分、弾はよく飛び、二町(約二百十八メートル)から二町半(約二百七十三メートル)の有効射程を誇った。また、飛ばすためには火薬の量も多くなるので、銃身や尾栓は倍も堅牢に造られていた。結果、野戦で使うには重たくなり過ぎ、主に城砦や船舶に備え付けられた。

「二町離れて撃てれば、狙撃の後逃げるにしても、隠れるにしても容易ですし、家の中から撃てば、音も聞かれないで済むかも知れない」

「お使いになったことは、あるのですか？」

「いえ。ただ、十匁筒で一町（約百九メートル）までなら確実に当てます」

「凄いこと」

溜息混じりに呟いた。浴室の外にいる千代の顔は見えないが、声には幾何（いくばく）かの尊敬の念が込められているように感じた。

「多羅尾様に頼んでみようかと思っています」

「気砲のことがあった直後だから、渋られるかも知れませんね。買えばお幾らぐらいなのですか？」

「分かりませんが、十匁筒は二両一分（約十三万五千円）で、六匁筒なら一両二分（約九万円）で買えます」

　高くても三両（約十八万円）か四両（約二十四万円）だろう。もし多羅尾に購入を拒絶されても、そのぐらいなら自費で買おうと思った。よい道具を使うことで、一刻も早く悪人退治を完遂すべきだ。女房子供との暮らしを取り戻すべきだ。狭間筒は、猟師に戻ったとき、山で使えば無駄にはならない。ま、重さ三貫（約十一キログラム）の大砲を担いでの藪漕ぎを思えばゾッとするが。

案ずるより産むが易し。結果的に、多羅尾が狭間筒の購入を拒むことはなかった。本当は購入を無心した当初、実に嫌な顔をしたのだが、三両前後で買えるのだと聞くと、途端に機嫌がよくなった。

「必要な品なら買えばよい。それで玄蔵がやる気を出すなら安い買物よ。買おう、狭間筒を買え」

多羅尾官兵衛、太っ腹なのか吝(けち)なのか、よく分からない。

翌日、又候(またぞろ)早朝から三人で外神田は佐久間町の平戸屋へと向かった。

昨日の未明にかけて降った雪は、昨日一日溶け残っていたが、今朝はもうほとんど姿を消していた。日陰に氷となってわずかに残る程度だ。ただ、気温は低く、とても寒い。白い息を吐きながら筋違橋御門を潜った。

「ああ、狭間筒って、あの長物の鉄砲ですね？」

例の絵地図だらけの客間に通され、狭間筒の話を持ち掛けると、佐久衛門はすぐに理解した。

「ただね。あれは、百挺、二百挺と纏(まと)めて注文する鉄砲じゃない」

佐久衛門は、円卓を囲む多羅尾、玄蔵、良庵の顔を順番に見つめながら声を潜めて囁いた。

「一挺単位の特注品が多いんです」

「特注だと、よほど高いのか？」

多羅尾が質した。顔が引き攣っている——この男、やはり吝の方だ。

「ま、代金は、精々三両、四両でしょうが」

「あ、なんだ、そうか」

多羅尾の表情がホッとした様子で緩んだ。

「手前が申し上げたいのは、一挺ずつ射手の好みと使用方法が反映される鉄砲だということなのでございます」

一般に、射程距離は三つの要素で決まる。

まず銃身の長さ。これは長ければ長いほど威力が増し、遠くへ飛ぶが、その分鉄砲自体が重くなり、扱い辛くなる。

次に火薬の量だ。火薬を多目に入れれば威力は増すが、銃身を分厚く堅牢に造らねばならず、これまた鉄砲が重くなる。また火薬が多いと反動も大きくなるので命中精度は落ちる。

最後が弾丸の大きさだ。一匁（約三・七五グラム）や二匁（約七・五グラム）の小口径にすれば、弾自体が軽いので、少ない火薬で遠くまで飛ばせる。銃身も然程に堅牢に造る必要はなく軽い分、長銃身にできる。ただし、殺傷力が下がってしまう。

三つの要素を組み合わせ、各藩の鉄砲名人たちが最適解を求めた結果、長いの短いの、太いの細いの、様々な狭間筒ができてしまったというのだ。

「結局のところは、射手の方の趣味趣向の問題ですからねェ」

と、佐久衛門は話を纏めた。

「撃つのはお前だ。お前の存念を申せ」

多羅尾が玄蔵に意見を求めた。佐久衛門と良庵の視線が玄蔵に集まった。

「左様にございますね」

話を振られ、慌てて色々と考えてみた。狭間筒は、主に城兵が使う武器だ。城壁の鉄砲狭間(ざま)に依託し、遠方の攻城側を狙い撃った。自然、攻城側の甲冑(かっちゅう)を撃ち抜くだけの威力がなくては役に立たない。だから最低でも五匁(約十九グラム)程度の重たい弾丸が必要になってくる。ちなみに、弾丸の威力は概ね(おおむ)、速さと重さの積で示される。同じ弾速なら、重い弾の方が威力は大きいのだ。

(ま、俺が狙う悪党が、このご時世で甲冑を着ているとは思えねェ)

つまり、銃弾の威力よりも、射程距離の長さや命中精度の方を優先させるべきだと考えた。

「使う弾丸は軽くて……そう、二匁（約七・五グラム）で結構です」

「二匁筒ということだね」

佐久衛門が手控帳に記入した。

「むしろ、鉄砲の長さが一間（約一・八メートル）は欲しい。できるだけ長い銃身を探して下さい」

銃身が長ければ射程は伸びる。その上、弾が軽いときている。火薬の量を節約してもかなりの長射程が期待できよう。

（火薬の量が少なければ、反動で銃口が暴れる心配はあるまい。命中精度が高い鉄砲となるはずだ）

玄蔵の期待は膨らんだ。

「二匁で長目の狭間筒か……あるかな？」

「お前の店では、普段から狭間筒なんぞを扱っておるのか？」

多羅尾が目を円くした。

「いえいえ、お取り寄せにはなると思います。ただ、もし倉庫にあれば、帳面に記載がありましょうから、調べて参ります」

と、佐久衛門が奥へと去ったのを機に、多羅尾と良庵が小便に立った。雪は消えたが、本日は結構に冷え込んでいる。

玄蔵は、客間の円卓に一人残された。所在なく、襖に張られた地図やら絵図を眺めていた。江戸の切絵図が目に入った。

(目黒の大橋辺り……あるかな?)

椅子から立ち、襖に近づいてよく調べた。

(ここが大山街道で、ここが中渋谷村……あ、ここか?)

目黒界隈で大山街道の北側は、百姓地や畑が多く、武家屋敷は少ないので、意外に早く見つかった。

(確か、黒丸の印が記されているのは、御大名家の下屋敷ってことだったな)

切絵図には幾つかの約束事があった。大名屋敷の場合、上屋敷には家紋が記載されており、中屋敷には黒い四角形、下屋敷は黒丸が表示されていた。大山街道の大橋からザッと四町(約四百三十六メートル)ほど北へ入った地点に、黒丸が記された広大な屋敷が二つ並んでいる。

(ここだ、ここだ)

北側の屋敷には、黒丸に続けて紀伊殿と記されていた。紀伊徳川家の下屋敷と読める。紀州藩下屋敷の南側、隣の屋敷――御丁寧に、池まで記載されている。間違いない。ここだ。この屋敷に現在、玄蔵は逗留しているのだ。見れば黒丸に続けて「水野越前」との記載がある。

（水野越前だと？）

玄蔵のような政に興味のない山男にも聞き覚えがあった。確か老中首座の水野忠邦の官位が越前守であったはずだ。

（御三家の紀伊様と御老中首座の下屋敷が隣同士かい。ま、さすがはお江戸だが、その一軒に俺が住んでるってのは、どういう廻り合わせだ？）

廊下から人が来る気配が伝わり、玄蔵は慌てて席に戻った。

「ありましたよ。玄蔵さんの注文通りだ」

庭に面した障子が開き、笑顔の佐久衛門がぶ厚い台帳を手に入ってきた。

「あれ、多羅尾様は？」

「厠です」

「あ、そう……ほら、二匁筒で鉄砲の長さがちょうど一間だ」

と、円卓上に台帳を乗せ、指でさし示した。

この日――天保十二年閏一月七日、江戸城内で一大事が勃発していた。十一代将軍徳川家斉公が薨去されたのだ。家斉公は先代の将軍で、現在は大御所様と呼ばれ、江戸城西ノ丸御殿に隠棲(いんせい)されていた。ま、それはそれとして――不可思議なのは、なぜかこの凶事が幕閣の判断によりしばらく秘されたことだ。

世間と同様に、玄蔵もそのことを知らない。只々、二匁弾を撃ち出す、銃身の長い狭間筒が入手可能なことを知り、無邪気に喜んでいた。

第三章　度胸試し

一

それは微妙な場所であった。

目黒川の東であれば、朱引の内だが、渋谷川よりは西だから墨引の埒外だ。

「どう思うね？」

南町奉行所　定町廻方同心の本多圭吾は、同僚の大久保宗右衛門に質した。

「中渋谷村の松濤か……確かに微妙だな。江戸御府内でこそあるが、俺ら町方のシマではねェ。勘定所の縄張りよォ」

圭吾とは幼馴染でもある大久保が、煙管の雁首を煙草盆に打ち付けながら、面倒くさそうに呟いた。

「墨引の外だし、もう十日も前の話だ。しかも大名家絡み……筋が悪いや。圭吾、関わるな。止めておけ」

朱引とは、江戸御府内と府外（朱引外）を分かつ境界線である。目付牧野助左衛門の建議により正式に定められた。江戸開闢以来二百年余も「御府内とは、凡そ江戸城から四里（約十六キロ）四方」で雑駁かつ適当にやってきたものが、さすがに諸所で辻褄が合わなくなってきた。仕方なく老中阿部正精が、江戸の絵図上に朱色の線を引き、境界線となした。二十数年前、文政元年（一八一八）は師走のことである。

一方の墨引は、朱引と同じ絵地図に記された黒い線だ。

墨引の内側は南北町奉行所の管轄、外側は馬喰町の御用屋敷（関東郡代廃止後、職務を引き継いだ）の管轄となる。御用屋敷詰めの代官は勘定奉行の下役であるから、一般に、江戸町奉行と勘定奉行の管轄の境界線――言わば行政区分と認識されていた。

「ま、そうだな。やばそうだ。止めとくか」

――とは答えたが、圭吾は納得していない。大久保の言い分はよく分かる。確かに筋が悪いし、下手に首を突っ込まない方が賢明だ。敢えて友に反論しなかった所以である。ただ「詮索好き」の圭吾にとって、すぐに諦めるには勿体ないほど面白そうな事例であった。

農村にある武家屋敷から出て来た駕籠が、四半刻（約三十分）も近所を歩き回り、挙句に隣の武家屋敷に入って行ったそうな。

（出て来た屋敷が老中首座の下屋敷で、入って行った先が紀州家の下屋敷だったというのも面白い）

大名家が絡んでいる時点で、町方の出る幕はなさそうだが、それでも圭吾の好奇心は大いに掻き立てられた。

（四半刻も？　近所をグルグル巡る駕籠か？　ハハハ、なんだいそりゃ？）

多くの同心衆は抱席で、建前は「一代限りのお雇い」であったが、天保期ともなると、町奉行所同心の身分は、事実上世襲化していた。譜代ではないので、自動的に家督が相続されるわけではないが、同心が死んだり、隠居をすると子や孫が、新規に召し抱えられるのが常態化していた。

何代も続けて八丁堀に住み、奉行所に通っていると、仕事にも身分にも倦み、役目への情熱を失う者も多かった。しかし、同じ抱席身分でも、圭吾にとっての定町廻方同心は、まさに天職と言えた。職業倫理や正義感からではない。個人的な好奇心、物見高さのなせる業だ。たとえ立件されなくても、断罪されずとも、真相解明さえなされれば、それで圭吾は満足だった。

（渋谷界隈なら愛宕下の助松の縄張りだな。打って付けじゃねェか……ザッと当たら

せてみよう。退くのはそれからでもいいや）

本多圭吾三十五歳、根っからの猟犬であった。

江戸南町奉行所は、江戸城数寄屋橋御門内にあった。東に向いた正門を潜ってすぐ右側に詰め所があり、圭吾や大久保たち定町廻方同心衆が、煙草を吸ったり、茶を飲みながら屯している。別段、朝から怠けているわけではない。同心たちが身銭を切り、個人的に雇っている手先たちが、情報を持ってやってくるのを待っているのだ。岡っ引きとか下っ引きと呼ばれた手先の多くは、裏社会に通じた元盗人、破落戸上がりである。彼らにとって町奉行所は敷居が高い場所だ。苦手意識がある。正門を入ってすぐの場所に、同心詰め所を設けたのは、彼らへの配慮でもあった。

「助松、ちょいと面ァ貸せ」

「へい、旦那」

愛宕下の助松が詰め所に姿を見せると、圭吾は大久保に会釈して席を立った。

両刀を佩き、黒羽織の裾を端折って帯に留めた。所謂「巻き羽織」である。

余談になるが——巷間「町同心の一本差し」とよく言われる。しかし、普段は同心も二刀を隆と佩びていた。同心にとっての晴れ舞台である捕り物出役の折、長十手を携行するので脇差は佩びず、大刀を一本差しただけで臨場したのは事実で、その辺から、この風評が広がったものと思われる。

奉行所の門を出て、鍛冶橋御門に向かって外堀沿いを北上した。対岸は京橋界隈、繁華な町屋が続いており人が多い。その点、外堀のこちら側に町屋はなく、大名屋敷の練塀が連なっているだけだ。人が疎らで、内緒話をするには丁度いい。

「ほお、四半刻も？　近所をウロウロと？」

浅黒い顔に、幾つもの刀傷をつけた助松が、目を剝いた。

「妙だろ？　怪しいだろ？」

「駕籠を担ぐ足慣らしでも、しておったのやも知れませんな」

「足慣らしなら、なぜ隣家に入った？」

「まあね……確かに。なんぞありそうですねェ」

案の定、助松は食いついてきた。

生まれ育った組屋敷も近く、竹馬の友といえる大久保宗右衛門は、誠実でいい男だが、如何せん御用に対する熱意が薄い。むしろ、本業である七味の行商は女房に任せきり、こうして小遣い銭程度で探索を請け負ってくれる助松の方が「詮索好き」という一点で圭吾と馬が合った。

「駕籠が出たのは御老中水野様の下屋敷で、入ったのが紀州様の下屋敷だ。宗右衛門あたりが『関わり合いになるな』というのはこの点さ。だから、助松親分にも無理は言わねェよ。やばいと思えば、退いてくれて構わねェ」

「そう仰られると、余計に深入りしそうだねェ」

「ハハハ、お前ェも病んでるなァ」

「旦那の手先だもの、そりゃ大いに病んでまさァ」

岡っ引きである助松は、四人の下っ引きを使っている。助松に一両（約六万円）、子分一人につき一分（約一万五千円）で、都合金二両（約十二万円）を活動資金として渡した。

「旦那、いつも済みませんねェ」

「なに、こっちこそ助かってるよ。親分、よろしく頼むぜ」

「へい」

上州無宿の博徒上がりが小腰を屈めた。

圭吾の俸給は、三十俵二人扶持である。年に十六両（約九十六万円）の実入りである。手先に二両の支度金を渡せる分限ではないはずだが、意外にも町方同心は裕福であった。商人や大名家からの賂が、末端の同心にまで行き渡っていたからだ。

二

「そこに、座って下さい」

「はい」

囲炉裏端に、夕餉の膳を片づけにきた千代を呼び止めた。彼女は素直に腰を下ろし、真っ直ぐに玄蔵の目を見つめた。

もう二十日近く、千代と二人、この隠居屋で暮らしている。外から眺める分には夫婦であろう。

多羅尾は「夜伽をさせてもよい」と確かに言ったし、そういうことを求めても、千代は拒絶しないような気がする。嬉しくも悲しくもない素振りで淡々と頷くのではあるまいか。

勿論、玄蔵は指一本触れていない。千代に興味がないからではなく、一度そういう関係になってしまうと、蜘蛛の巣に捕われた羽虫のように、身動きが取れなくなりそうで怖かったのだ。ただ、自分の方から誘わなくても、女の方から「布団に入ってこられたらどうしよう」と、夜毎少年のように気をもんでいた。

「千代さんは、多羅尾組の仕事の内容をどこまで御存知なのですか？」

「朧気にです。先だって良庵先生たちと話し合いをしましたね。あの程度」

「悪人退治とか？」

「そう、悪人退治」

「なるほど。それはいいとして……つまり誰なんですか？　一体俺は、誰を撃つことになるのですか？」

「悪人というだけでは御不満ですか？」

千代は、しばらく思案顔で黙っていた後、前屈みとなり、小声で訊いた。

「もう少し詳しく知りたい。人一人を殺すんだ。相手の氏素性ぐらいは知っておきたいのが人情ってもんでしょう？」

「大層な悪人だと伺っております」

千代が困惑して答えた。

「そこは俺も聞きました。世のため、人のためになるとね。法では裁けぬ巨悪を退治するのだそうです」

千代は返事をせずに、囲炉裏の中で乾燥の足りない薪が、シューシューと水を吹きながら燃えるのを、黙って見つめている。

「でも俺、思うんですよ。法では裁けぬ巨悪を罰するのは、神仏や閻魔の役向きじゃないのかな？　必ずしも人の役目ではないとは思われませんか？」

「死後の裁きに委ねるべき、そう仰るの？」

「ええ、ま、多分そういうことだと思います」

千代は、少し考えてから口を開いた。

「閻魔の裁きが下るまで、つまりその悪人が自然死するまで、悪徳は維持されましょうね。悠長な話です。『それまで待てぬ』と多羅尾様たちは立ち上がられたのではないでしょうか？」

「死ぬまでは待てねェと？」

千代が黙って頷いた。

この屋敷の主は、老中筆頭の水野越前守である。その隣は、御三家紀伊家の下屋敷だ。田舎暮らしだった玄蔵にもわかるぐらい、プンプンと政治の臭いがする。政治家が語る正義不正義は所詮相対的なものだ。もし水野が、政敵を「悪」と断定し、殺害を玄蔵に命じれば、彼は否応なく撃たねばならない。標的の悪徳とは「老中の政敵であること」の一点のみかも知れない。本物の悪人であったか否かの検証は永遠になされない。

――そんな、自分の中で思い悩んでいることを、現実に千代と話し合ってみたかったのだが止めにした。

「だからどうした？」で、終わる話だからだ。選択肢のない玄蔵は、牛馬のようなものである。命じられたことを無自覚に実行するしかない。

（いずれにせよ、俺の話だ。千代さんと話し合ってどうこうなる話じゃない）

不毛な打ち明け話を始めたのは、千代への甘えからだろう。

「玄蔵さんはもしや、人を撃つのが不安なのでは？　撃ち損じるのを恐れておられるのでは？」

「ああ、そうかも知れませんね」

少し違う気がしていた。玄蔵が恐れているのは、狙撃の成否についてではない。技術的な難しさについてでもない。もう少し倫理的な悩みだ。しかし、それを説明するのは面倒くさいので、とりあえず頷いておいた。

「人を撃ったことなど、一度もないわけでね」

「それは、よく分かります」

ここでまた沈黙が流れた。

「そのお悩み、私なんぞよりも、多羅尾様に直にぶつけてみられては如何でしょう」

千代が言った。

「千代から聞いたよ」

「聞いたって、なにを？」

多羅尾に対しても、千代に対しても疑心暗鬼となっており、玄蔵は警戒して一瞬身を硬くした。場所は母屋の多羅尾の居室だ。庭に面した広縁に、二人並んで腰を下ろしている。

「おい、怖い顔で睨むなよ。お前、自信が持てないのだろ？　その、人を撃つことについてさ」

「え？　や、まあ、そうです」

先日の囲炉裏端での会話を、千代が多羅尾に告げたのだろう。

「お前、一度度胸試しをしてみないか？」

「ど、度胸試し？」

「度胸試しが気に入らんのなら、下稽古でも、腕試しでも、なんでもいい」

つまり「一度人を殺してみろ」と多羅尾は言っているのだ。

「御冗談を……」

「や、冗談ではない」

多羅尾は周囲を見回し、声を潜めた。

「ことは女と同じよ。童貞が初めて女とまぐわう前の怖気た気分、自信のなさ……お前にも覚えがあるはずだ」

ま、なくはない。

「ところがどうだ。一度女体を知れば、二度目からはどうということもなくなる。違うか？」

あまりに生々しい表現には辟易するが――言いたいことはなんとなく分かる。

「つまり、一度殺せば『肚が据わる』ということですね？」

「ま、そうだ」

「お気遣いは有難いのですが、そうそうには試す機会がございませんでしょう。通りすがりの人を撃てとか……そういう辻斬りもどきは御免ですぜ」

「馬鹿な。当たり前だ」

多羅尾が目を剝いた。

「我らは正義のために働いておる。無辜の者を試しに殺すなどあり得ない。本末転倒である」

（あんたらだったら、やらせかねないじゃないか。心配するのが当たり前さ）

多羅尾たちには前科がある。二人の幼子の目前で、その母に蜜柑（みかん）を持たせ、父に撃たせた。「正義のために戦っている」などと胸を張られても、額面通りには受け取れない。

「手前は、誰を撃って度胸をつけるのですか？」

「罪人よ」

「罪人？　今度は悪人ではなく？」

「そう。罪人だ」

以前、罪人と悪人の違いで鳥居と議論したことが思い出された。

折よく、鈴ヶ森（すずがもり）の刑場で磔刑（たっけい）が執行されるという。

「どうせ刑死する罪人だ。それも磔（はりつけ）にされる極悪人である」

たとえこれを撃っても、玄蔵に良心の呵責（かしゃく）は芽生えないだろう。だから「度胸試しには打って付け」と多羅尾は言うのだ。

「どんな罪を犯した者ですか？」

「先月、京橋のさる大店（おおだな）に盗賊どもが押し入り、主人夫婦が殺された。一人の奉公人が手引きをし、勝手口の鍵（かぎ）を開けたのだ。こやつ、主人殺しの片棒を担いだということになってな。磔に処されるのはその男よ」

「……極悪人ですな」

現代の感覚とは少し違う。奉公人がお店を、主人の御恩を裏切った点に非難は集中するのだ。この時代、忠義は武士にだけ求められる徳目ではない。一般庶民であっても、奉公先や主人に仇なす行為は「不忠者」との強い謗りを受けた。

「お奉行所は、確かに了承されているのでしょうね？」

「ハハハ、あの左近将監がか？」

多羅尾が大口を開いて笑い出したところを見れば、よほど的外れなことを言ったのだろうが、玄蔵には見当もつかなかった。

「いや、奉行所にはなに一つ伝えておらん」

「よく分かりませんが」

「どの辺が？」

多羅尾が玄蔵の目を覗き込んだ。

町屋の犯罪である。火付盗賊改が介入する場合を除いて、捜査し、犯人を捕縛し、取り調べ、裁き、刑を執行するのは南北町奉行所の専管事務であろう。その内の刑の執行を玄蔵の鉄砲が代行するとして、少なくとも町奉行所の了承は受けねばならないはずだ。

「だからさ」

多羅尾が困ったような顔つきで説明し始めた。

「我らの役目は、法で裁けぬ巨悪を退治することだ。法で裁ける者なら奉行所なり、火盗改なり、目付なりが御定法に従い裁けば済むこと。つまり、我らは御定法の埒外にある」

「そこは、分かります」

「よって、奉行所や火盗改との協力連携は一切ないと思え」

「連絡もしないのですか？」

「そうだ。鈴ヶ森の刑場に忍び寄り、磔刑に処せられる罪人が、槍で突かれる寸前に物陰から狙撃し、命を奪う」

「町奉行所は怒りましょうな？」

「当然、怒るであろうな。我らを捕縛せんと躍起になるだろうよ」

「手前は、凶状持ちになるのですか？」

「それが嫌なら捕まるな」

「もし捕まらなくても、生涯奉行所の探索から逃げ回ることになりましょうね」

「や、そうはならん」

「なぜ？」

「お前が十人の巨悪を退治するからだ。その十人が排除されれば、御政道に光が射す。正義が行われ、大義が罷り通るようになる。幕閣や奉行所からも邪悪な人材は排除されるから、正義を成したお前を罰しようとする者は誰もおらんようになる」

（こいつ……気でも違ってるのか？）

心中で多羅尾に毒づいた。

もし、十人かそこらの悪人を暗殺しただけで、この世のすべての不条理は解決し理想郷が現出すると本気で考えているなら、多羅尾や鳥居は、よほどの馬鹿か世間知らずであろう。

「お前だけのことではない。現場の下見、狙撃場所の確保、狙撃後の逃走路……良庵や開源、千代の修練にもなる」

さらに多羅尾は続けた。

「それにな、これはむしろ……慈悲なのだ」

「慈悲？」

「そう、慈悲である」

磔刑とは、それは凄惨な処刑法だ。

　罪人は、男の場合、カタカナの「キ」型の磔柱に、両手両足を拡げた大ノ字状に縛りつけられる。女の場合は、十文字の磔柱に、足を閉じ、両手だけを拡げた十文字状に縛りつけられた。処刑に使われる槍は二本。まず罪人の目前で穂先を交差させる。これを「見せ槍」と呼ぶ。その後、左右下方から脇腹を交互に突き上げる。人はなかなか死なないものだが、息があろうがなかろうが委細構わず三十回刺突を繰り返し、最後に熊手で首を引き起こし、喉を突いて「止めの槍」とした。そのまま三日三晩晒された後、遺体は穴に放り込まれ、鳥や獣に食われるにまかせるのだ。

「そんな死に方はどうだ？」

「どうって……嫌ですよ。まっぴらだ」

「磔にされ、両脇を二本の槍で交互に刺されるのだ。その恐怖、苦痛たるや筆舌に尽くしがたいほどに酷いものよ。その点、眉間を一発で撃ち抜いてやれば、本人はどんなに楽だろう。慈悲というのはそういうことさ」

　多羅尾の言うことは理解できた。確かに、槍で脇腹を刺されるより、銃弾で眉間を撃ち抜かれた方が楽だろう。それを慈悲と呼ぶなら、慈悲かも知れない。

　狭間筒が松濤屋敷に届いたのは、平戸屋を訪れた日から六日後であった。

さすがに長大だ。身の丈が五尺五寸（約百六十五センチ）の玄蔵よりさらに長い。六尺（約百八十センチ）近い大男である開源とほぼ同じ長さである。重さは三貫（約十一キログラム）あり、通常の二匁（もんめ）筒の三挺（ちょう）分だ。

「是非、試し撃ちが必要です」

玄蔵は、多羅尾に強く求めた。この鉄砲の射程距離、弾道の癖、遠射用の目当の使用感、発砲時の銃身の振舞いなどを確認しないで遠射はできない。

松濤屋敷の周囲では外聞が悪いので、二里（約八キロ）離れた多摩川河畔（かはん）の瀬田村まで遠征した。

多摩川は古来「あばれ川」として名を馳（は）せており、洪水が起こる度に大きく流れを変えた。その振れ幅の内側は危険で、農地とも宅地ともなり難く、一面に葦（あし）や葭（よし）が生い茂る広大な川原となっている。狭間筒の試射には持って来いの場所だ。

多羅尾以下の狙撃組総出で試射会を催した。

距離半町（約五十五メートル）から始めて距離三町（約三百二十七メートル）まで、半町毎に径一尺（約三十センチ）の的を置いていく。

「人の目につくのはまずい」

良庵が不安そうに呟いた。

「多摩川の河原で鉄砲を撃つ、怪しい一団を見た」

なぞと人の噂になると、後々の仕事がやり辛くなる。一応は、多羅尾が周囲の民家に「鳥撃ちをする」「危険だから家より出るな」と伝えて回ったが、物見高い者はどこにもいるものだ。目立たぬように手早くことを済ませ、とっとと撤収するしかあるまい。

玄蔵は、一町、一町半、二町の三つの的に重点を置いて試射を重ね、詳しく記録を付けていった。三十発を撃ち終えたところで、一服することになった。

「凄い。一町、一町半は、全弾が当たっておるな」

回収した的を見比べながら、多羅尾が感嘆の声を上げた。

「二町になると、多少外れてくるでござるな」

「二町離れると、三発に一発は撃ち損じる。俺の腕なんてこんなもんですよ」

良庵の言葉に、玄蔵が悔しそうに唇を噛んだ。

この狭間筒は、ただ長大なだけではなかった。面白い仕掛けが付いていたのだ。元目当（照門）が折り畳み式になっており、伸ばせば高さが二寸（約六センチ）ほどにもなる。この背の高い元目当と先目当（照星）と標的とを一直線に並べれば、そのまま撃てる。目盛りが刻んであり、一番上の目盛りに合わせれば二町、二番目だと一町半、一番下の目盛りだと一町の距離でちょうど合うように作られていた。

通常の元目当だと、遠射の場合、的の何倍か上を狙って撃たねばならない。なにもない空間を狙って撃つのだから、熟練者の玄蔵といえども心細いものである。その点、折り畳み式の元目当だと、目で的を捉えた状態で引鉄を引けるのが有難い。

一刻（約二時間）をかけて六十数発を試射することで結論を得た。

まず、この狭間筒は、弾が若干右に逸れる。距離が長くなればなるほどズレは大きくなった。この鉄砲の癖だ。

ただ、想像以上に遠射は利いた。弾を到達させるだけなら五町（約五百四十五メートル）、大きめの的にザッと当てるだけなら二町（約二百十八メートル）離れても十分に狙える。銃身が長い分、威力もさることながら、弾道が安定するような印象を玄蔵は持った。好感触といえる。

それでも尚、精密に狙って撃ち、確実に「人を殺せ」と言われるなら、一町半（約百六十四メートル）が限界だろう。

「なんと……」

試射後の玄蔵の印象を聞いた多羅尾が、表情を曇らせた。

「一町半なら、お前、山で熊や猪を狙って撃っておったそうではないか」

「や、一町ですよ」

「一町でもさ、ゲベール銃や士筒(さむらいづつ)と大差ないということか？」

「いや、そうではなく……」

玄蔵は慌てて狭間筒の強味を強調することにした。気砲のときと同じだ。多羅尾の本性は吝嗇(りんしょく)で、無駄な出費を極度に嫌う。狭間筒の購入が「無駄ではなかった」ことを証明しないと後々ややこしい。

「精密に狙って撃てるのは、やはり狭間筒の長所にございます」

狭間筒は、ゲベール銃や士筒に比べても大量の火薬を使うが、それでも発砲時の銃口の揺れは格段に少ない。通常の火縄銃の三倍に近い重量が、爆轟(ばくごう)の衝撃を吸収してくれるのだ。当然、命中精度は高い。

「二十間（約三十六メートル）以内に忍び寄り、余人に気づかれずに狙撃するなら気砲が便利。一町以上の遠射が必要な場合は、狭間筒を用いる。ま、適材適所。そういう布陣で参れば無双にござるな」

狙撃組の軍師格である良庵が、試射会を総括した。

三

盗賊の侵入を手引きした奉公人の処刑期日が、早まったという。

「今月三十日に、柳営より〝ある一大事〟が発布される。その前に、磔や獄門などの忌まわしい仕置きは、すべて済ませておこうと……ま、そういうことだな」

母屋にある多羅尾の居室へ呼び出され、そのように言い渡された。

「一大事とは、どのような？」

良庵が一同を代表して訊いた。開源、玄蔵、千代らも顔を揃えている。

「ワシから申し伝えることはない。幕府からの発布を待て……と、申すのは建前だ。ま、教えても差し支えあるまい。傍へ寄れ」

多羅尾を囲むように、一同は膝でにじり寄った。

「実は、この閏一月七日、先代の公方様が薨去されたのだ」

多羅尾が声を潜めて囁いた。

「こ、こうきょ？」

「お亡くなりになったという意味です」

開源の疑問に千代が小声で答えた。

「西ノ丸の？」

「そう。第十一代将軍、家斉公だ。享年六十九」

確認されているだけでも十六人の寵姫(ちょうき)に、二十六人の男子と女子二十七人を産ませた所謂「膃肭臍将軍(おっとせいしょうぐん)」である。事実家斉公は、膃肭臍の陰茎の粉末を毎日服用していたと言われる。

「ほう、六十九歳は御長寿にござるな」

「あともう一年で古希だったのに、惜しかったよねェ」

良庵が驚き、開源がおどけてみせた。

不謹慎なようだが、さすがに「先代の公方様」ともなると隔たりが大き過ぎて、悲しくも、感慨深くもなかった。ちなみに、当代の将軍は、家斉公の御次男の十二代家慶(いえよし)公である。

「それにしてもですよ。七日にお亡くなりになって、発表が三十日とは、随分と勿体をつけたでござるな」

良庵が質した。

「そこは、色々と事情があるみたいだな」

先代家斉公と当代家慶公は、実の親子ながら、折り合いが悪かった。

家斉公は、将軍職を伜に譲って以降も西ノ丸にあって実権を手放さず、巷間「大御所政治」などと揶揄されたものだ。家慶公が面白かろうはずもない。先代が薨去したのを好機と捉え、家斉公側近たちの追い落としに乗り出したということだ。その一連の政変が収まる目途が、ザッと今月末――つまり、そういうことなのだろう。

「ついては、鈴ヶ森での磔は、今月二十日と相決まった」

「今日は十五日だから、後五日か……」

良庵が腕組みをして首を傾げた。彼が頭を働かせているときの仕草だ。

「まずは、現場の下見に参りとうござる。多羅尾様と拙者、後は実際に狙撃をする玄蔵さん」

「三人で参るのか？」

「俺も行くよ。標的を一度は見ておかねェと、さすがに似顔絵は描けねェ」

「今回は似顔絵は不要にござる。なにせ標的は、磔柱に縛られておるので、見間違いようがござらん」

良庵がニコリと微笑んだ。

現在はまだ朝の五つ半（午前九時頃）だ。今日中に、三人で下見に赴くことと決まった。

問題は三人の装束である。今後の仕事のこともあるから、人目につくような格好は憚られた。

まず、玄蔵は手間要らずだ。近郊の知り合いでも訪ねる百姓の外出姿で歩けば目立たない。しかし、多羅尾と良庵には変装が必要だった。せめて多羅尾の酷い面擦れの痕、良庵の「役者まがいの美貌」だけは隠さねばなるまい。目立ってしょうがない。すれ違った人の記憶に残り易い。

結局、顔を手拭の頬被りで隠した上から、深めの菅笠を被ることになった。

「なんだこれは、まるで世間に顔向けができない罪人のようではないか」

「これはこれで、怪しげな奴が歩いておると、かえって目につくのではござらぬか」

と、二人には相当不評だったが、千代が「お役目のためだから」と説諭し、なんとか納得させた。

陽のある内に戻ると言い残し、三人は松濤屋敷の潜り戸を出た。

中渋谷村と鈴ヶ森刑場は、歩いて二里半（約十キロ）ほどの距離だ。松濤を発って目黒川沿いに二里（約八キロ）歩き、南品川で東海道に出て、さらに半里（約二キロ）下った。昼前には鈴ヶ森に着いた。

東海道の松並木が、しばらく途絶えた辺りに鈴ヶ森刑場こと南品川御仕置場は鎮まっていた。

「……酷いものだ」

見渡して、多羅尾が顔を顰めた。

（人も獣も、死んで腐れば同じ臭いがするんだなァ）

玄蔵は鼻を摘まんだ。

山を歩いていると、繁みの中から異臭が漂ってくることがある。大抵の場合、熊か鹿か猪か、大型獣の亡骸が腐っているのだ。その臭いがまさに、この刑場の異臭と同じなのである。

三人とも鈴ヶ森刑場を訪れるのは、今回が初めてのことだったが、その情景にも愕然とさせられた。荒涼たる原野と海岸線の狭間を東海道が通っており、刑場は往還に面していた。暗褐色に変色した獄門首が、現在も幾つか晒されている。この時季でさえ辺りには異臭が立ち込めている。夏場ともなれば臭いと蠅で大変なはずだ。生首も遺体も重罪人の埋葬は許されず、三日三晩晒された後、穴に放り込まれそのまま放置となる。死肉に執着する野良犬や鴉が、周囲をうろついて離れない。ま、見るに堪えない光景ではあるのだが、これから江戸へ入る者たちへの「見せしめ」「警告」の意味もあるらしい。

余談ながら、これほど凄惨な刑場の前を通りたくない旅人は、この区間だけ東海道を外れ、裏街道である池上道（平間街道）へと迂回した。

「これはこれは……参ったでござる」

刑場を一目見た良庵は天を仰いだ。

「ま、極悪人の末路ということさ」

「や、拙者が『参った』のは別儀にござる。多羅尾様、御覧じろ……ここは、見晴らしがよ過ぎる」

刑場の敷地は、四十間（約七十二メートル）に九間（約十六・二メートル）ほどか。一方は東海道と海に面し、他の三方は、延々と広がる丈余の葦原の中に、松が疎らに生える風景だ。高さ一丈（約三メートル）ほどの、題目を髭文字で彫りつけた供養塔が屹立し、地蔵仏の座像が安置されていた。総じて、閑散としている。

かくも広漠とした場所での狙撃となれば、磔台の二十間（約三十六メートル）以内から発砲することは難しかろう。もうこの時点で気砲が使えないことは明らかだ。今回は、長射程の狭間筒を使うことになる。

狭間筒で狙える距離は一町半（約百六十四メートル）あるから、刑場から遠く離れた民家に潜み、薄く開けた板戸の狭間より罪人を狙撃するのが常道であろう。室内での発砲で、音も火柱も見え難いこと、距離が十分に遠いことから、狙撃場所は見つかり難く、逃走も楽なはずだ。しかし、その肝心の民家が、刑場の周辺にはない。東海道に沿って立っている数軒は三町（約三百二十七メートル）以上も離れている。

「ま、無理もない」

多羅尾が、諦め気味に溜息を漏らした。

「こんな賽の河原のような場所に住もうと思う者はおらんよ」

「ハハハ、賽の河原とは言い得て妙にござるな」

「あれは？」

玄蔵は、半町（約五十五メートル）離れた場所に立つ、粗末な物置のような建物を指さした。勿論、狙撃場所としては近過ぎて使えないが。

「おそらく、百姓番屋と呼ばれるお堂だ」

多羅尾が、縷々解説してくれた。

通常の死罪は、小伝馬町牢屋敷内で斬首が執行された。この鈴ヶ森が使われるのは、放火や主殺し、親殺しなどの重罪への刑罰である磔、火炙り、獄門に限られる。巷間「磔獄門」「火炙り獄門」などと語られるが、磔や火炙りと獄門はまったく異なる刑罰だ。獄門は斬首した首のみを獄門台に置いて晒す刑罰で、磔は刑の執行後、磔の状態のまま――つまり、首がついたまま――晒す刑罰だ。火炙りもこれに同じである。彼らは天下の重罪人であるから、幕府への遠慮があり、大っぴらに供養することは憚られた。

さりとて、不浄霊が漂いそうで気味が悪い。そこで、近傍の名主らが知恵を絞った。周辺を警戒するための番屋との体裁で、簡易なお堂を建て、内部に仏像を安置し、罪人の魂を供養したのだ。無論、役人も供養施設だと気づいてはいるのだろうが、そこは大目に見ているらしい。

「海はどうだ？　小舟を浮かべて、沖から狙うのだ」

多羅尾が発案した。

「や、勘弁して下さい。俺は、生まれも育ちも山の中ですぜ。舟になんぞ乗ったことがねェ」

「山にも川や池ぐらいあるだろう？」

「水が怖いと申してるわけじゃございません。揺れる舟に慣れていないし、ましてやその上で遠方の的を狙うのが無理だと申しております」

「無理か？」

「無理です」

玄蔵はハッキリと拒絶した。

「大体、舟の上で鉄砲を撃てば、陸から姿を見られてしまうでござる。それに……」

櫓を漕いで進む和船の速度は、潮流にもよるが、おおむね人が歩く速さと変わらない。もし奉行所側に馬があれば、逃げ切れなくなるだろう。下手をすれば上陸したところを捕縛されかねない。

「二挺櫓にすれば速いぞ」

「櫓は誰が漕ぐのでござるか？　拙者は漕げませんぞ」

「俺も漕げんが、漕ぎ手を二人でも三人でも雇えばよいではないか」

多羅尾の意見は能天気に過ぎる。元来短気な性の良庵だが、苛つきを抑えながら反論した。

「雇った漕ぎ手の目の前で、罪人とはいえ人を撃ち殺すのですぞ。彼らの口も塞がなきゃならない。一人殺す毎に、二人、三人と口封じするのは随分と手間でござるよ」

良庵が冷笑し、論破された多羅尾が悔しげに学者を睨み返した。

「もしどうしても」

玄蔵が、話に割って入った。

「どうしても、この場で罪人を撃てと仰るなら……」

と、黙って彼方を指さした。

「あの葦原の中から狙う策は如何でしょう」

刑場の周囲は、見渡す限り丈余の葦原に囲まれている。海風が吹くと大きく揺れてザワザワと悲しげに鳴った。その葦の中に身を隠して狙撃するというのだ。狙撃後は、そのまま葦原の中を逃げればいい。密生した葦の中なら、たとえ相手に馬があっても追ってはこれまい。

「ただ、これだけ丈の高い草だ。二町（約二百十八メートル）も離れたら、いくら一段高い磔柱に括られているとはいえ、的を見通せないのではないか？」

「その場合は、松に上ります」

葦原には所々に松が生えている。潮風に吹かれる影響か、垂直に伸びたものは少なく、横枝が張っており、上り易そうだ。

「どう思う？」

多羅尾が良庵に質した。

「拙者に異存はござらん。後は、鈴ヶ森から無事に逃げ延びる算段を、考えるのみでござる」

方針は決まった。

四

明日「初めて人を撃つ」という晩は、さすがに寝つきが悪くなった。

日頃の玄蔵は「眠れない」ことがあまりない。大熊を獲った夜に嬉しくて眠れないとか、取り逃がし、悔しくて眠れないとかはなくもなかったが、明日や明後日、将来のことを思い悩んで寝返りを繰り返す——そういうことは稀であった。

（俺だけじゃねェ。猟師は大概がそうだ）

一人猟を好み、あまり仲間を作らない玄蔵だが、それでも幾度か、山の猟師小屋で同業者たちと雑魚寝をしたことはある。「寝よう」「おやすみ」の声がかかると、呼吸音を十回（約三十秒）聞くか聞かぬうちに小屋の各所から鼾が聞こえてきたものだ。辛い山仕事で疲れてもいるのだろうが、そればかりではなく——

（先のことを考えてたら、猟師なんぞやってられねェからなァ）

猟師は毎日、獣の命を奪って暮らす。殺生に殺生を重ねた先の先、一生を終えた先に辿り着くのは、どうせ地獄ということになるのだろう。だから先のことはあまり深刻に考えないようにしている。逆に、そういう性質の男でないと猟師は務まらないということだ。

ただ、今夜だけは特別であった。明日狙うのは人なのだ。

（どんな極悪人か知らんが、苦しませたくはねェな）

玄蔵は、床の中で寝返りを打った。

磔は酷い刑罰だ。苦しみを与えることを前提にしている。胴体を槍で刺しても、なかなか即死はしない。幾度も刺されて悶え死ぬよりは、銃弾で急所を撃ち抜いてやる方が慈悲だ――そもそも、そういう観点から、今回の「磔刑に処される罪人を狙撃する話」は始まっていたはずだ。

（ならば、急所は何処だ？　熊も人も急所は同じかな？）

猟師にとって、獲物の解体は修行の一環である。獲った獣を解体することで、心の臓や脳味噌の位置や大きさ、太い血の管の走る方向などを知り、次回の猟ではそこを狙うのだ。獣の臓腑の位置に関しては、大方覚えている玄蔵だが、人間は解体したことがない。

（熊も狐も猪も、臓腑の配置は大体同じだが、鹿や羚羊は胃の腑が四つもあるからなァ。どれも同じというわけでもねェ……人は、どうなんだろうか）

布団の中で、己が左胸に手を置いてみた。中央からやや左、あばら骨の三本目の辺りで心の臓がドクドクと拍動している。概ね熊や猪と同じ場所だ。
(頭や眉間を狙えればいいが……確かなところで、あばら三本目を狙うか)
そんなことを考えるうち、いつしか眠りに落ちた。

血の跡は沢へと下っていた。ここまで尾根を三つ越えている。羚羊は沢で水を飲むはずだ。これだけ血が流れると、体力も衰えるが、まず喉が渇くものだ。沢で満足するまで水を飲むと、なぜか動けなくなる。そこで猟師は一気に間合いを詰め、追いつき、止めを刺す。半矢にした獣を追うときの心得だ。

大きな羊歯が生い茂る薄暗い沢筋に下りると、果たして雌の羚羊は、沢の中の大きな石の上に蹲り、ジッと玄蔵を見ていた。右腹から弾は入り、左腹に抜けていた。出血が酷く、大石の上にまで流れている。

「苦しみたくない」

驚いたことに、羚羊は人語を喋った。

「苦しみたくないから、眉間を撃ち抜き、即倒させて欲しい」

彼女はそう言った。

苦しませたくはなかったし、即死させるのも吝かではなかったが、むしろ人語を喋る獣を、獲物として殺してよいものだろうか、と玄蔵は迷った。

「情けなど要らぬ。今さらなんだ？　早く楽にしてくれ」

喉を絞るような声だ。止む無く鉄砲を構えた。目当の先から、羚羊が玄蔵を見ている。憐れむような、愛しむような目だ。

（南無三、往生せい）

と、心中で叫んで引鉄に力を入れていった。

「うッ」

と、そこで目が覚めた。障子がわずかに明るい。しかし朝の明るさとは違う。今宵は十九日だ。深夜の空に寝待月が昇っているのだろう。

（夢か……獣が人語を喋るなんて気味の悪い……わッ）

一瞬、凍り付いた。闇の中に白い影――誰かいる。今度は夢ではない。

千代だ。寝間着の千代が夜具の脇に端座し、玄蔵を見つめている。

（来たよ、来た来た……さあて、どうすべきか）

「ど、どうかしましたか？」

勇気を振り絞り、自分の方から声をかけてみた。声が震えないか――男として、あまりに情けないので――そこにだけ注意した。

「随分と魘されておいでしたよ」

落ち着いた声が戻ってきた。

「嫌な夢を見てたから」

「どんな？」

「羚羊が……や、もういいですよ」

夢の話を、女に真顔でするのも気恥ずかしい。

「所詮は夢だから」

「あら、残念」

互いに口をつぐんだが、やがて――

「玄蔵様、明日のことを思い悩んでおられるのでしょ？」

ま、図星である。

千代は少し前屈みになり、玄蔵の布団に右手をそっと置いた。

「慈しんでくれとは申しません。ほんのひと時の気晴らしでよいのです」

引き込まれそうな声だ。

「女子の肌はときに、殿方の荒んだ心の癒しともなりましょう。他にはなに一つ求めませぬ。だから……」

「……あ」

二人はそのまま見つめ合っていたが、結局、玄蔵の方が根負けした。

「こういうことには、あまり慣れていないから、どう振る舞ったらいいのか、正直よく分からない」

「だ、男女のまぐわい方ぐらいは知ってますよ」

「おかしい。二人もお子を儲(もう)けておられるのに？」

少しムキになって答えた。玄蔵が「分からない」と言いたかったのは——

「どう振る舞えば、自分と貴女(あなた)のためになるのか、ならないのか、そこのところの見極めができないと言ってるんです」

「玄蔵様は、私が何者なのか、すでに見抜かれておられるのでしょ？」

「見抜いてなんかないですよ」

「では、私は何者？」

からかわれているようにも感じる。いっそ真正面から打ち込んでやろう。

「もしかして、ひょっとして、あんた、女忍(くのいち)かい？」

「フフフ、御明察」

「ハハ、あ、中(あた)った」

互いに笑いが出て、気分が少し楽になった。

「二十八年生きて、本職の女忍に会うのは千代さんが初めてです」

「それは分かりませんよ」

からかっている印象ではない。ふざけるような、楽しむような口ぶりだ。

「私のように、すぐ正体を見透かされる不出来な女忍ばかりではないから。玄蔵様が、お気づきにならなかっただけかも知れませんよ」

「まあね」

「ひょっとして、希和様も女忍かも」

確かに、世を欺き、耶蘇信仰という本音を隠して生きているという意味で、希和の生き様は女忍とよく似ているかも知れない。

「あんた、どこまで事情を知っていなさる？」

「多羅尾様と大体同じ程度の知識はございます」

少なくとも希和の名は知っている。おそらくは切支丹であることも――やはり多羅尾は切支丹の件を他に漏らしているようだ。

（あの嘘つき野郎が！）

心中で面罵した。

「その多羅尾様は、どこまで御存知なので？」

「困りましたね。御勘弁下さい。それ以上は申し上げにくいです」

と、平伏した。そして続けた。

「ただ、良庵先生と開源さんはまた別。そこまでお詳しくないかも知れません」

「あの二人は、どういう経緯（いきさつ）で、この仕事に参加したのですか？」

「御自分でお訊きになって下さい」

良庵と開源は、多羅尾とともに母屋で寝泊まりをしている。

ここから先はやや逡巡（しゅんじゅん）したのだが、よい機会でもある。あえて突っ込んで訊いてみることにした。

「千代さんは、このお屋敷が水野家の下屋敷であることは御存知ですか？」

わずかに千代が、身を硬くしたのが伝わった。

「それにもお答えしかねます」

（つまり、知っているということだ）

長い沈黙が流れた。

「ま、千代さんと話せて大分落ち着きました。今夜のところは、どうぞお引き取り下さい」

「私、袖にされたのでしょうか？」

「違う。そんなんじゃない」

少なくとも袖にした理由は千代ではない。彼女に落ち度はない。

「鳥居様と多羅尾様の術中に、まんまとはまるのが悔しいだけです。ま、もう十分にはまって、雁字搦めになってはいるのだが、羽虫にも意地はあるから」

「羽虫？」

「や、なんでもないです」

気まずい沈黙が流れた。

「……………」

やがて千代は黙って平伏し、音もなく寝所を出て行った。

「やっぱり、女忍か……」

玄蔵は独言し、布団を剝いだ。体が火照って汗ばむほどだ。深い溜息を一つ吐いた。

障子に月の光が射し、目も十分闇に慣れている。天井の杉板の木目までが、凡そ見当がついた。

玄蔵は身を起こし、立って障子を開け、広縁に座り込んだ。夜風に当たって、心と体の火照りを冷ましたかったのだ。

（危ねェ。危ねェ。女忍の色香に迷い、手なんぞ出したら最後だ。俺の籠罠にかかる鼬や貂と同じ末路をたどることになる）

鼬も貂も、玄蔵の獲物となる獣だ。小動物だし、毛皮が売り物なので鉄砲は使わない。魚の頭などを囮にして籠罠か鋏罠で獲る。鼬より貂の方がひと回り大きく、その冬毛には、とてもよい値段がつく。

貂も鼬も賢い獣だし、罠には人の臭いも付いているはずだ。しかし、魚の頭が腐りかけた頃の臭気の誘惑に負け、彼らは戻らずの竹籠に入り、命を落とす。

今回の場合、さしずめ多羅尾と鳥居が猟師だろう。獲物の貂が玄蔵で、千代が魚の頭といった役回りだ。

「ん？」

庭の草叢を、若い狸が小走りで横切った。その後から、大柄な狸がやってきて足を止め、玄蔵の方を見た。

（お……あいつ、前に見たことがあるぞ）

左の耳が大きく欠損している。狸の中では目立って大柄なことも相俟って「同じ狸に相違ない」と思われた。

（どこで見たっけ？　ああ、そうか、希和が持った蜜柑を撃ったときだ）

しかし、あの屋敷は半里（約二キロ）も離れているはず――

（狸は無精な獣だ。狐や狼じゃあるまいし、そんなに遠くまで移動しやしねェ。ということは？）

玄蔵の視線が、黒々とした森の彼方に続く隣の屋敷――紀州家下屋敷へと注がれた。

五

翌朝は穏やかに晴れた。

隠居屋を出て空を仰ぐと、玄蔵は小声で呟いた。

（ああ、これはいいな）

鉄砲猟師は快晴であること以上に、湿気と風を気にするものだ。湿度が高いか、風が吹くかすると、晴れていても空気は濁り、遠目は利かなくなる。その点、本日の天気は、無風で乾燥した晴天――絶好の遠射日和と言えた。

この好条件下で玄蔵が狭間筒を使えば、一町半（約百六十四メートル）先の西瓜まででなら、なんとか狙って当てられそうだ。

早朝六つ（午前六時頃）に松濤屋敷を発ち、五日前と同様に目黒川沿いの道を南品川へ向けて下った。

孟宗竹(もうそうちく)を山積みにした大八車(だいはちぐるま)を開源が曳(ひ)き、百姓装束の多羅尾と良庵が脇を固めた。玄蔵と千代も江戸近郊の百姓夫婦といった出(い)で立(た)ちで、大八車から少し間を置き、無関係を装って続いた。

特に太い孟宗竹の一本には、細工が施され、巧妙に狭間筒が忍ばせてあった。他にも火薬や弾丸、火縄などが隠してあり、これらの細工はすべて、手先の器用な開源が工夫したものである。

南品川で目黒川と別れ、東海道を南下した。このまま進めば、後半里（約二キロ）で鈴ケ森刑場に至る。だが良庵は、青物横丁(あおものよこちょう)の追分(おいわけ)で東海道から右手に逸れた。

「おいおい良庵。これは池上道だぞ？」

歩きながら多羅尾が、良庵に質した。

玄蔵と千代も不安を覚え、歩を速めて大八車に追い付き、相談に加わった。

「御安心を。拙者に一存がござる」

池上道は、東海道の西側を五町（約五百四十五メートル）の距離をおいて平行に走る脇街道である。日蓮宗(にちれんしゅう)大本山池上本門寺(いけがみほんもんじ)への参詣(さんけい)道であることから、この呼び名がついた。

「半里（約二キロ）南下してから東へ折れます。五町歩いて刑場に裏から接近するのでござる」

「大丈夫か。丈余の葦の中を五町も歩くことになるぞ。鈴ヶ森刑場にちゃんと辿り着けるのか?」

「御安心を。好天の日の朝は、海から陸へ向けて風は強く吹くものでござる」

所謂、海風と呼ばれるものであろう。

「刑場のあの異臭が風に乗ってこちらに漂ってくる、たとえ草叢の中で見通しが利かずとも、我らは臭いを辿るだけで必ずや……」

「分かった、分かった。では、生首の腐臭を目指して歩くと致そう」

辟易した様子で多羅尾が話を遮った。

「ハハハ、まるで俺らは蠅だな」

大八車を曳きながら開源が呑気に笑った。

「腕利きの猟師殿がいて、まさか藪の中で迷うことはありませんでしょうにね」

千代が玄蔵に、小声で囁いた。

「さあ、どうかな」

と、謙遜はしたが、千代の言葉は概ね当たっている。

長く一人猟師を続けて山中を彷徨っていると、人も、山の獣に同化する部分が色々と出てくる。その最たるものが方向感覚であった。獲物を深追いし過ぎ、見知らぬ山に踏み込んだとしても、帰るべき方角は直ぐに分かった。高々五町か六町の狭い草原でなら、わざわざ生首の臭いを手繰らずとも、玄蔵が迷うこと、方向を見失うことはほぼあるまい。

五つ（午前八時頃）過ぎ。廃屋となった百姓家に大八車を隠し、男四人で東へ向けて歩き始めた。重たい狭間筒は開源が持ってくれたので助かる。玄蔵は、銃弾と火薬、火縄が入った袋を担いで続いた。ちなみに、千代は見張役として廃屋に留まることになっている。

池上道と東海道の間は、畑や田圃、民家などはあまりなく、延々と疎林と草叢が続いていた。忌まわしい鈴ヶ森刑場の存在が、人の居住を遠ざけたのかも知れない。ただ、お蔭で玄蔵たちは人目に付くことなく行動できた。

疎林が途切れると葦原が始まった。葦を掻き分けてさらに進んだ。

姿こそ見えないが、周囲に何者かの気配がある。カサカサと音がする。

「なにかおるな」

多羅尾が不安げに見回すので、玄蔵が答えた。

「犬です。五、六匹います」

この葦原を塒にしている野良犬であろう。玄蔵たちを遠巻きにして付いてくる。瘦せて小柄な犬ばかりだから恐怖感こそないが、罪人の亡骸を食っている奴らかと思えば気味が悪かった。

良庵の見立て通り、風は海から吹いて来ていた。刑場に近づくにつれて、例の禍々しい腐臭が潮風に運ばれてきた。不快な臭いではあるが、その臭いに導かれて一同は迷うことなく鈴ヶ森刑場へと接近した。

(良庵は使える男だな。初めは印象が悪かったが、なかなかどうして、こいつの言葉に従っていれば、なんでも上手くいきそうだ)

玄蔵の中で良庵への評価は徐々に好転している。会った当初こそ、気障な優男ぶりに辟易し、多少の嫉妬心もあり、狐に準えたりしたものだが、付き合いも一月近くになると、最初の印象とは違う一面も見えてきた。

(賢いのは勿論だが、言葉に誇張やハッタリがねェのは有難い)

また、短気なところがあり、開源と小声で言い争っているのも、玄蔵にはむしろ好ましく感じられた。総じて、人を外見で判断してはいけないと、再確認させられた次第である。

先頭を歩く多羅尾が手を上げて足を止めた。刑場から二町(約二百十八メートル)

ほど手前の葦原の中だ。

「開源はここで待て。ワシらは現場を物見してくる」

「なんで俺だけ？」

「デカいからだよ。目立つからだ」

「犬もうろついてるし。一人残るのは嫌だ。怖いよ」

「馬鹿野郎……形ばかりで、ガキのような奴だ」

多羅尾が大男を睨みつけた。

「ならば身を小さくしてついてこい。もしも見つかったら、今度こそお前、本当に八丈送りだぞ」

「へ、へい」

（八丈送りだと？　開源さん、島流しを帳消しにしてもらう替わりに、こうして多羅尾にこき使われているのかも知れねェな）

結局、四人で刑場へにじり寄り、葦の陰から様子を窺った。

刑場は閑散としていた。

小袖に黒羽織姿の奉行所同心らしき武士が二人、六尺棒を手にした刑吏が数名、題目供養塔の前で談笑しているだけだ。

本来なら、磔刑の執行は午後遅くに始まる。磔刑と火刑に関しては、付加刑として必ず「引き廻(まわ)し」が行われるからだ。

引き廻し——処刑される罪人を、筵(むしろ)を置いた馬に乗せ、庶民への見せしめのために江戸市中を連れ回す仕置きである。罪状を認(したた)めた高札を先頭に立て、検死役の与力、同心、刑吏も同道し、賑々(にぎにぎ)しく行進するから、沿道は野次馬や見物人で溢(あふ)れ、大騒ぎとなるのを常としていた。

引き廻しには二途がある。

一つは、早朝、罪人が拘置されている小伝馬町牢屋敷を発ち、日本橋、赤坂、四谷(よつや)、筋違橋、両国(りょうごく)を回り、そこから小塚原(こづかっぱら)か鈴ヶ森の刑場へと向かう「五ヶ所引き廻し」である。六里（約二十四キロ）に及ぶ長距離移動であり、早朝に発っても、鈴ヶ森への到着は午後遅くになってしまう。

もう一つは「江戸中引き廻し」である。これは小伝馬町を発ち、時計回りにお城を一周、小伝馬町に戻る。行程は四里（約十六キロ）ほど。

五ヶ所引き廻しは、刑場で刑の執行が行われる場合——磔刑、火刑、獄門——の付加刑であり、後者は牢屋敷内で刑が執行される場合——下手人、死罪——の付加刑であった。

しかし、今日に関しては例外的に、磔刑が午前中に執行されるそうな。

「秘されてはおるが、先代公方様が薨去されたのだ。引き廻しのような『大騒ぎになる行事は慎め』とのお達しが出とる」

そこで、今回の磔刑の罪人は小伝馬町の牢屋敷を発ち、そのまま鈴ヶ森刑場に引き立てられるそうな。移動距離は三里（約十二キロ）強だから二刻（約四時間）かからないでここまで来てしまう。明け六つ（午前六時頃）に小伝馬町を発てば、四つ（午前十時頃）前後の到着となるはずだ。

後一刻（約二時間）ほどこの葦原で暇を潰せば磔刑執行の一同はやってくる。町同心や刑吏に声が聞こえたり、気配を悟られてはならない。葦原の中を戻り、刑場から十分に距離をとった。

藪の中に車座になって座り、寛いだ。

「ね、良庵先生」

玄蔵が良庵に声をかけた。

「人の急所ってどこですかね？」

良庵は、西洋医学の知識もあるそうな。西洋では死体の腑分けが繰り返され、体の中の構造も詳しく知られていると聞いた。

「急所？」

良庵が顔を上げた。探るような目で玄蔵を見た。多羅尾と開源もまた、玄蔵に注目している。

「や、罪人を撃つとしても、苦しませたくねェから」

「あんたは鉄砲猟師だろ」

良庵が玄蔵を指さして言った。

「拙者なんぞよりあんたの方が、詳しいはずでござろうよ」

ま、その通りではあるが、人間の体の構造についてあまりにも無知で、不安になったのだ。

「熊は、あの通り図体（ずうたい）こそデカいが、脳味噌は握り拳（こぶし）一つ分ぐらいしかねェ。小さなもんです」

玄蔵は右手の拳を緩く握り、前に差し出した。

「だから遠くから熊を撃つとき、猟師は決して頭を狙いません。でも、十間（約十八メートル）以内の距離で、頭の真ん中に正確に弾を入れられる場合には、急所なんです。ちゃんと当たれば一発で倒れます」

「では、遠くから撃つとき、熊のどこを狙う？」

横から多羅尾が話に割って入ってきた。

「胴体の真ん中辺りを、大体ですが狙います。即倒はしねェが、体の中心を撃ち抜けば、遅かれ早かれ死ぬからね。でも、今回は一発で即死させたい。そこが難しい。だからお訊きしてるんです。俺ァ何処を狙えばいいんだろうか？」

「なるほど」

良庵は俯き、考えている風であったが、やがて顔を上げた。

「拙者も実際に見たことはござらんが、阿蘭陀の医学書の挿絵などで見る限りは、脳味噌が一番だと思うな」

と、己が蟀谷を指先で弾いて見せた。

「今あんたが言った熊のそれと違い、人の脳味噌はもっとデカい。頭部の中に、ほぼ充満してござる。満ち満ちてござる。首から上の真ん中辺りに弾が当たれば、大概、脳味噌を破壊しましょう。一巻の終わりだ」

心臓を撃ち抜いても即死するだろうが、人間の場合、脳と心臓を比べれば「倍も脳の方が大きい。だから頭を狙え」と良庵は助言し、玄蔵は納得した。

その後、玄蔵は葦原を這いずり回り、所々に生えている松を物色した。その内の一本、大きく枝を張った老松が、諸々の意味で都合よく思えた。幹はやや傾斜して伸びており上り易い。張り出した横枝は、足場とするにも、鉄砲を依託するのにも便利である。磔柱が立てられる場所――現在は、柱の根本を固定するための穴が、深々と掘られている――からの距離は一町半（約百六十四メートル）。そして何よりも、枝葉がこんもりと茂って、狙撃者の姿を覆い隠してくれるところがいい。

六

四つ（午前十時頃）より大分前に、罪人を乗せた馬は鈴ヶ森刑場へ到着した。

罪人の行列は見物人を連れてきた。十数名の野次馬が、後方からゾロゾロと付いてきて、刑場を遠巻きにしたのだ。今回の引き廻しは江戸市中を巡回していない。小伝馬町から直接鈴ヶ森までやってきたので、野次馬の数も少なかった。いつもなら三、四十人はいるそうな。中には親類縁者も交じっているのだろうが、多くは人の死を、それも残虐に殺される様を「見物したい」と感じる変人たちだ。

「では、手筈（てはず）通りに」

多羅尾が小声で命じると、良庵一人が別行動をとった。改めて手拭で顔を隠し、菅笠を目深に被り直すと、そ知らぬ顔をして東海道へと出て行った。良庵は野次馬の中に紛れ込み、玄蔵の銃撃とその成果、町方や野次馬の動き等を観察するのが、その役目である。今回の狙撃は本番ではない。言わば腕試し。言わば度胸試しだ。折角なら今後の「悪人退治の本番」に繋がる情報を得ようと、一連の彼我の行動を俯瞰することにしたのだ。

一方、多羅尾に率いられた狙撃班は、下見で見当をつけていた老松に向かった。

「な、玄蔵さんよ」

「え？」

最後尾から、狭間筒を抱え続いている開源が、耳元で囁いた。

「犬、また付いてきてるぜ」

周囲の葦の間を、チラチラと過る影がある。勿論、玄蔵は疾うに気づいていた。獣の接近に気づけない猟師は長生きできない。

「大丈夫だよ。俺らを狙ってるわけじゃない。なんぞおこぼれでもあるかと付いてくるだけさ。あんた、犬が苦手なのかい？」

と、小声で返した。

「ガキの頃、隣の飼い犬に……き、金玉を噛まれたことがある」

「あ、それは……た、大変だったなァ」

「どこを噛まれておるのだ馬鹿者が……死ね」

先頭をゆく多羅尾が、背後の会話を聞き咎め、短く毒を吐いた。

老松は、一間（約一・八メートル）ほどの高さに最初の大枝が張り出しており、そこに取り付きさえすれば、後は横枝が適度な間隔で続き、上り易そうだった。開源の背中を踏み台にして、なんとか第一の大枝によじ上った。

「狭間筒をくれ」

「ほらよ」

長さ一間、重さ三貫（約十一キログラム）の長大な火縄銃が、松の大木に上ってきた。

玄蔵はさらに上り、結局、高さが二間（約三・六メートル）に近い横枝を足場にすることで狙撃場所とした。この高さからなら刑場の様子がよく見える。

現在は、カタカナの「キの字型」の磔柱が横たえられ、その上に寝かされた罪人の手足を縛っているところだ。

（いけねェ。始まっちまうわ）

玄蔵は、急いで胴乱の中から玉薬と二匁弾を取り出した。慌てて鉛弾を二粒ほど落としてしまったが、なんとか銃口から投入、槊杖で突き固めることができた。

次に機関部を操作して口薬を注ぎ、撃鉄を上げた。例によって機関部の横側をトントンと叩いた。不発の予防法だ。

松の根方で、多羅尾と開源がヒソヒソと囁き合う声が聞こえる。

「銃声と火柱と煙が立つぞ。ここで撃ったことがすぐにバレねェかい？　取り囲まれて御用なんぞ、まっぴらだぜ」

「心配いらん。磔柱上の罪人に弾が当たれば、誰もそちらに注目するさ。振り返ってこの場所を特定する者などおらんよ」

「あ、当たらなかったら？」

しばらく会話は途切れた。

「ま、とっとと逃げることだな」

「糞が……おい、当てろよ！」

下から仰ぎ見て、開源が玄蔵に念を押した。樹上の玄蔵は返事をしなかった。

一町半彼方の刑場では、磔柱が刑吏たちによって立ち上げられつつある。

床几に腰を下ろし、陣笠を被った武士が二人見える。

（あれは、検死役の与力衆か……着流しの同心衆が十人。後は刑吏だな）

そろそろ始まる。

目の端に映る周囲の葦の先端は、まったく揺れていない。陽が上り切り、海風は止んだようだ。ただ、若干空気が靄っぽい。海が近い影響だろう。

横枝に狭間筒を依託し、元目当の位置にある遠射用の背の高い照準器を立てた。

カチリ。

距離一町半なら、上から二つ目の目盛りと、先目当と、標的を一列に並べると、ちょうどいい弾道になるはずだ。後は曰く言い難い感覚的な微調整で、命中の成否は決まる。

（どうも、この靄っぽさが気になって仕方がねェな）

玄蔵は鉄砲を構えたまま目を閉じた。ゆっくり長く息を吐く。これは父親直伝の遠射時の呪いだ。こうすると一時的に視力がよくなり、遠くの標的がクッキリと見えてくるから不思議だ。

目を見開くと、すでに磔柱が屹立し、刑吏が槍の穂先を罪人の顔の前で交差していた。神主が読み上げる祝詞のような声が聞こえる。潮騒と一町半の距離で、よくは聞き取れないが、罪人の確認でもしているのだろう。

「もう、撃ってもいいかい？」

老松の下で見上げる多羅尾に、小声で許可を求めた。

「ああ、いつでもいいぞ」

もう一度息をゆっくりと吐き、磔柱上の罪人の顔に集中した。

「うッ」

柱に括りつけられ、只々硬直している罪人を見て驚いた。
十二、三歳の少年ではないか。
「こ、子供だ！　まさか、子供は撃てん！」

玄蔵は枝の上から多羅尾を睨みつけた。

「子供？　なんのことだ？　ワシは知らんぞ。初めて聞いた」

「嘘つけ！　知らんわけがあるか！　だから俺に標的を教えなかったんだ」

「やかましい。ガキならどうした？　お前はワシが言われた標的を黙って撃てばそれでいいのだ。それに、子供ならなおのこと、苦しませずに一発であの世に送ってやれ。それが慈悲というものだ」

「なにを言ってやがるこの猪野郎がァ」

と、睨みつけた刹那「ぎゃあ」との悲鳴が聞こえた。

少年が脇腹を槍で刺されたのだ。突き手が急所を外したものか、血を吹きながら泣き喚き、苦しみ悶えている。

「撃て玄蔵。明日、あの磔柱の上で悶え苦しむのは、邪宗を信じるお前の女房子供やも知れんのだぞ！」

葦原に遮られて見通しの利かない多羅尾と開源にも、少年の悲鳴は聞こえているようだ。

「この人でなしがァ」

「玄蔵さん、喧嘩（けんか）してる場合じゃねェ。撃て。ガキを楽にしてやれ！」

開源が悲痛な声を上げた。

「多羅尾、手前（てめ）ェ、後で話があるからなァ！」

そう言い捨てて、玄蔵は狭間筒を構え直した。

（距離一町半、風はなし。この鉄砲は、やや右に逸れるのが癖だ）

心中で「南無三」と唱えた玄蔵が徐々に引鉄を引き絞っていく。

この時、喧嘩でも始めたか、周囲の葦原で野良犬たちが騒がしく吠（ほ）え出した。

ド————ン。

重い銃声が海浜に木霊（こだま）した。濛々（もうもう）たる白煙と、四尺（約百二十センチ）もの火柱が狭間筒の銃口から吹き出した。

ド————ン。

急に背後から騒々しい犬の吠え声が聞こえ、本多圭吾は振り返った。

犬の声よりも仰天の事態が出来した。一町以上も離れた松の緑の中で、閃光と白煙が湧き起こるのが見えたのだ。同時に「ド———ン」と轟音が轟いた。

「な、なんだ？」

「あ———ッ」

検死役の吟味方与力の絶叫が刑場に響いた。

「え？」

圭吾が視線を刑場に戻すと、そこは大混乱に陥っていた。

磔柱上で脇腹を刺され、死にきれずに悲鳴を上げていた罪人の少年——その頭がパックリと割れ、血と脳味噌、骨片やらを辺りにぶちまけたのだ。

（閃光と煙……鉄砲だ！　あの松から撃ったんだ）

圭吾は走り出した。誰もが柱の上の少年に駆け寄ろうとしていたが、圭吾一人は正反対の方向へ、葦原へ、草履を蹴り捨て突っ込んだ。

（多分、恨みだ）

繁茂する葦を掻き分けて走りながら、圭吾は考えた。

（磔の小僧が手引きした盗賊一味は、店の主人夫婦を惨殺した。主人殺しの片棒を担いだ丁稚は磔刑と決まったが、それに飽き足らない野郎がいたんだ）

どうしても「己が手で、憎い丁稚を成敗したい」そう考えた親族か、縁者か、朋輩(ほうばい)がいたのだろう。

(それで処刑が済む前に、生きてるうちに鉄砲で撃った。ま、気持ちは分からんでもねェが)

ただ、町奉行所は江戸の治安を担う役所だ。これを許すと、江戸中が意趣返しだらけになってしまう。定町廻方同心としては「私的な復讐(ふくしゅう)」を見逃すわけにはいかなかった。

(や、待てよ)

走りながら首を振り、磔柱と狙撃場所の老松——彼我の距離を確認した。

(こりゃ、一町じゃきかねェわ。一町半はあるぞ)

往時の火縄銃、狙って撃って当てられる距離は半町(約五十五メートル)が精々。一町半なら、およそ、その三倍の距離となる。

(よほどの鉄砲名人を雇ったか、よほど強力な鉄砲で撃ったか、あるいはその両方かも知れねェ。いずれにせよ一町半はべらぼうな距離で……わッ)

葦に足を取られ、圭吾は大きく転倒した。

「えい、糞ッ」

負けん気で跳び起き、また駆け始めた。膝や肘を強か打ったようだが、気が張っており、然程の痛みは感じなかった。今夜あたり、大層腫れて痛みそうだ。

(それに、少し変だ)

今日が磔刑の執行日であることは、吟味方から三日前に聞かされた。さらに、磔刑時の慣例である「五ヶ所引き廻し」が中止され、小伝馬町から直に刑場に赴くと知らされたのは昨日のことだ。

(慣例通り五ヶ所を廻っていたら、ここに着くのは夕方遅くになる。ところが奴らは、朝の四つ前から、ちゃんと待ち構えていやがった。ちいとばかし、手回しがよ過ぎるんじゃねェのか)

もしや奉行所内部に内応者がいて、情報が漏洩しているのかも知れない。

「ええっと、どっちだ?」

と、足を止めた。

周囲の葦は一丈(約三メートル)に近い。対する圭吾の身丈は五尺三寸(約百五十九センチ)だ。前も後ろも、右も左も葦が生い茂っているばかりで目指す老松の姿も見えない。ついに何処に向かって走っているのか、今自分は何処にいるのか、すべて分からなくなってしまった。

止むを得ず、心を静めて音を聞いた。わずかに人々が怒鳴り合う声が漏れ伝わってくる。これで刑場の方向が知れた。その反対に行けば老松に近づくのだろうが、あまり自信が持てない。別の方角からは、海鳴りらしき音が聞こえる。どうせ品川の海だから東海道には出られそうだ。

（まずは確実に、東海道に出るとしよう）

と、海鳴りの方向に歩き始めた。

結局、半刻（約一時間）以上をかけて目当ての老松に辿り着いた。羽織はボロボロ、手も足も擦り傷だらけである。ただ、無駄骨ではなかった。この松が狙撃現場であることは、ほぼ確実だ。三人分の足跡が残されている。内一つは十二文（約二十九センチ）もあろうかという当時としては巨大な足跡だ。

（これは、いい手がかりになるぞ）

圭吾はほくそ笑んだ。さらに、松の樹皮が大きく剝がれている。ここから木に上り、狙撃したことは間違いあるまい。

「ん？」

草履を脱ぎ捨てた跣（はだし）の足が、なにか硬い物を踏んだ。見れば、径三分（約九ミリ）ほどの小さな鉛の玉だ。

（鉄砲の弾だ。この銃弾なら二匁筒か……意外に普通の鉄砲だな）

奉行所の玄関奥には鉄砲蔵があるが、備えてある火縄銃はすべて二匁筒だ。

葦原を踏み分けた跡が、西に向けて続いていた。一味はここを通って老松まで来て、帰りもここを通って逃げたのだろう。

もう大分時が経（た）っており、追っても無駄だろうし、また、賊が複数で、かつ鉄砲を持っていることも圭吾を躊躇（ためら）わせた。

（ただ、ま、このまま知らぬ振りもできんわな）

と、及び腰で追跡を開始したが、結局、他の手がかりを得ることはできなかった。

鈴ヶ森での事件の直後から、圭吾は、愛宕下の助松ら手先たちに檄（げき）を飛ばし、狙撃犯人らの情報を集めさせることに腐心した。二匁筒で一町半の遠射をこなす鉄砲名人がいること、十二文（約二十九センチ）の大きな足の持ち主がいることの二点が手がかりだ。

勿論、上役の南町奉行、矢部（やべ）左近将監定謙（さだのり）にも報告を上げていた。

上役の町奉行——町奉行所同心衆の中で、隠密廻方、臨時廻方、定町廻方の総勢二十四人は「三廻方同心」と呼ばれ、特異な立場を占めた。普通、同心の上役は与力である。吟味方与力の下に吟味方同心がおり、牢屋見廻方与力の下役として牢屋見廻方同心がいるという具合だ。

ところが、三廻方同心の上役として与力は置かれていない。上役は直接、町奉行なのである。三廻方は、直接江戸庶民と触れあう機会が最も多く、世情を広範に知る職種である。また、秘密裡(ひみつり)に密偵を行う必要上からも「間に与力をはさむべきではない」「奉行の直属とすべきだ」との判断があったようだ。

鈴ヶ森での一件から三日が過ぎていた。

「どうじゃ本多、その後何か出たか？」

町奉行の矢部が、奉行執務室の廊下に控えた圭吾に質した。

「申し訳ございません。まだなにも」

「うん。考えたのだが……距離一町半を撃ち通す鉄砲だがなァ」

矢部は、内与力に手伝わせて、文机(ふづくえ)上の書類の山を片づけている。視線は書類に落としたまま、圭吾に語りかけた。

「お前、鉄砲と申すものは、銃身が長ければ長いほど、威力を増すことを存じておるか？」

「いえ、寡聞にして」

「現場に落ちていたのは二匁の鉛弾であったそうな」

「御意ッ」

「おそらくは狭間筒と申す長大な鉄砲を使ったのであろう。二町（約二百十八メートル）までなら有効射程じゃ」

「はざまづつ、にございまするか？」

「うん」

と、ここで筆を置き、圭吾に向き直った。

「城壁の狭間に依託して撃つ鉄砲だから、狭間筒じゃ」

「なるほど」

「泰平の世にそのような鉄砲は無用の長物で珍品と言える。そして十二文の足もまた珍しい。この二つの属性を持つ者、あるいは一味がおれば、とりあえず捕らえよ。九割九分方、下手人はそやつじゃ」

「ははッ」

廊下に平伏した。

硬骨漢の矢部は、圭吾の「狙撃犯捜査」を認めてくれたが、どうやら次の人事異動で「左遷される」らしい。

「ワシは御老中の越前守様（水野忠邦）から大層睨まれておるからな」

と、寂しげに笑った。次に南町奉行の職につくのは水野の最側近らしい。

「どなた様で？」

「目付の鳥居耀蔵と申す者じゃ。越前守様の腰巾着よ。お前は、上手く立ち回り、確と身を守れよ」

「ははッ」

と、また廊下に額を擦りつけた。

（老中の腰巾着かァ。苦手だねェ）

今後は、この南町奉行所も風通しが悪くなりそうだ。

七

鈴ヶ森での「度胸試し」を終えた数日後、玄蔵は、開源が描いたという三枚の似顔絵を手渡された。一人の人物を三方向から描いた淡彩画で、頭の中で三枚を重ね合わせると、まるで目前に一人の男が立ち、今にも喋り出しそうな印象を受けた。この絵の男こそが、玄蔵の最初の標的であるそうな。中年の武士で、思慮深そうな、温厚そうな容貌をしている。

「どなたです?」

池を望む隠居屋の広縁で、玄蔵は多羅尾と対座していた。板の間の囲炉裏端には千代がおり、無心に繕い物をしているようだが、こちらの会話に全神経を集中させているのは間違いない。

実は多羅尾と玄蔵、鈴ヶ森以来あまり上手くいっていないのだ。玄蔵は「子供を撃たせた」ことを根に持っていたし、多羅尾は多羅尾で現場で反抗した玄蔵に不信の念を抱いていた。

「教えられんな。お前は信用がおけん」

「あんたに言われた通り、なんでもちゃんとやったでしょうが」

苛々と、反抗的に応えた。

「子供は撃てないなどと、下らぬ駄々をこねた」

「だから、結局撃ったじゃねェか」

「さんざ逆らった挙句にようやくな。嫌々ながらに撃っただけだ。そんな奴を信用できるか」

多羅尾は腕を組み、玄蔵から視線を逸らし、そっぽを向いてしまった。

気まずい沈黙が流れたが、玄蔵の方には弱味がある。先に折れた。

「信用も糞も、女房子供を人質に取られてる俺だ。今さらあんたらを裏切るはずもねェだろ？」

実は、そのこと以外にも弱味はあった。小僧を撃った時、同心の一人が急に振り返り、玄蔵を見たのだ。ほんの一瞬だったし、距離も遠かったから多分顔を覚えられたはずはないが――

（このことは、多羅尾には黙っておこう）

「ほう」

多羅尾が、憎々しげな笑顔を向けた。

「お前にも、そのぐらいの理屈は分かるらしい。よいか玄蔵、そこさえ弁えておれば、お前も女房子供も少しは長生きができるだろうよ」

腕を組んだまま、からかうように玄蔵の目を覗き込んできた。

「ふん」

今度は玄蔵が多羅尾から視線を逸らし、似顔絵を見た。

「このお武家の顔、悪人には見えねェですが？」

鈴ヶ森で撃った小僧は、とても悪辣な顔をしていた。一町半（約百六十四メートル）

の距離を隔ててもなお、彼の捻くれた性根が伝わってきたものだ。

「……大悪人は、取り繕うのが巧いのさ」

「あのなァ」

以前、良庵から聞いた話を思い出した。開源の似顔絵は、その人の本質を切り取るのが特徴だそうな。外見的な顔形ばかりではなく、対象の内面を、開源の特殊な感性は看破し、取り入れ、似顔絵として再現し定着させるらしい。もし良庵の見立てが正しいならば、温厚そうな似顔絵の武士は、多羅尾の言う「大悪人」からは随分と離れて見える。

「な、多羅尾様、どうしても聞いておきてェ。こいつは誰だい？」

玄蔵は粘ったが、多羅尾は、皮肉な笑顔を投げるだけで返事もしない。

「俺ァ、納得した上で仕事をしてェ。それだけだよ。目隠しされた状態で人なんぞ撃てるもんかね」

「まだそんな我儘を申すか？　分際を弁えろ！　猟師風情が」

多羅尾も相当苛ついているようで、右手の人差指で玄蔵の胸を突くようにして、憎まれ口を投げてきた。

「俺は、この手で殺す相手の素性が知りたいだけだ。それが我儘かい？」

「ああ、我儘だな」

(多羅尾の野郎……とことん気に食わねェ)

玄蔵の方も癇癪が押さえきれなくなってきている。

「おいこら、小役人……お前ェはつくづく人の上に立てねェ野郎だな。手下の使い方ってものが全然分かってねェや」

「下郎、無礼だぞ」

多羅尾の太い腕が玄蔵の小袖の襟首を摑んだ。

「やんのか、サンピン」

「止めよ!」

玄蔵が多羅尾の手を払いのけ、囲炉裏端の千代が腰を浮かすのと同時に、制止の声がかかった。

見れば、広縁の端に羽織に袴を着けた鳥居耀蔵が立っている。

「これはこれは、鳥居様」

多羅尾と千代が慌てて平伏したので、仕方なく玄蔵も叩頭した。

「痴れ者! 両名とも、場所柄を弁えよ!」

鳥居に叱責された。

（場所柄ってのはなんだ？　筆頭老中の下屋敷って意味か？）

　額を廊下に擦り付けながらも、心中では舌を出していた。

「多羅尾から話は聞いた」

　いつもは玄蔵が寝起きしている八畳間に鳥居と多羅尾が座り、玄蔵一人が広縁に端座、畏（かしこ）まっている。鳥居の思想では、高位の武士と庶民が、同じ畳の上に座ることは我慢がならないようだ。

（俺の方も、あんたの鼻もちならねェ身分意識には我慢がならねェんだよ）

　と、心中で毒づいた。

「一町半離れて、罪人の額を撃ち抜いたそうだな」

　鳥居が上機嫌で話し始めた。

「驚いた腕前じゃ。お前、戦国の世に生まれておったら、武功の立て放題……すぐにも馬乗りの身分となれたであろうに、惜しいことをしたなァ。のう、多羅尾？」

「さ、左様にございまするなあ」

　と、多羅尾は悔しげに天井を睨んだ。玄蔵は黙って廊下に額を擦り付けた。馬乗りの身分になど興味はなかったが、鳥居や多羅尾と同じ畳の上に座るのは、さぞ気分が良さそうだ。

　鳥居が、開源が描いた似顔絵を眺めた。

「まるで、生き写しだな」

　目を細めて多羅尾を見た。

「今日も本丸御殿で見かけたわ。この絵、誰が見ても久世そのものじゃ」

「鳥居様……」

　多羅尾が小声で制し、広縁の玄蔵を顎で指した。鳥居は多羅尾の心配には応えず、玄蔵の方を見て、似顔絵を振ってみせた。

「お前、これが誰かを知ってどう致す？」

「得心が参ります。肚が据わります。迷いがあっては狙いが定まりません」

　前もって考えていた通りの台詞で答えた。

「当たらんか？」

「当たりません」

「それは困るなァ」

　鳥居が、意見を求めるように多羅尾を見た。多羅尾が、激しく首を振った。

「な、玄蔵よ」

鳥居が言葉を続けた。

「ワシらは御政道を正そうとしておるのよ。決して私利私欲のためではないぞ。広く世のため人のためだ。理想の政（まつりごと）を実現する。今の世相を見よ。大商人たちは株仲間を組み、利益を独占して諸式高の原因を作っておる。なぜ株仲間がなくならんのか、お前、分かるか？」

「さあ」

「幕府に巣食う悪人どもが、賂（まいない）を受けておるからよ。同じ幕臣として赤面の至りじゃが、これは事実だ。で、その手の輩（やから）に、お前の銃弾が鉄槌（てっつい）を食らわせる。悪党を十名ほど排除する。これで幕政はガラッと変わる。正義と大義が行われるであろう。分かるか？」

「鳥居様？」

玄蔵が質した。

「なんじゃ？」

「その企て、鳥居様がすべてを取り仕切っておいでなのですか？」

「直接指揮を執っておるのはワシだが」

「鳥居様に、後ろ楯（だて）の方はおられないので？」

「う～ん、それはどうかな……」

鳥居は言葉を濁し、促すように多羅尾を見た。

「控えろ玄蔵。言えることと言えんことがある」

多羅尾が落ち着いた声で窘め、玄蔵は平伏した。もう十分だと思った。

（ま、見えてきたぜ）

つまり自分は、政争に巻き込まれたのだ。

一方の側に——おそらくは老中首座水野越前守忠邦の側に——組み込まれたのに間違いあるまい。水野の手駒の一つとして悪人の——つまりは水野の政敵の——狙撃暗殺を担当することになるのだ。それも十人だ。

（でもよ……）

ここは必死だ。彼なりに知恵を絞った。

（なにせ政治がらみの話だ。惚けておいた方が身のためかも知れねェなァ）

政治的な策動の存在など知らない顔をしていた方が、そ知らぬ態度を取っていた方が、後々安全な気がした。安全とまでは言い切れないが、少なくとも、わけ知り顔で水野老中や紀州家の存在を持ち出すよりは、長生きできそうだ。ここは無邪気に「自分の仕事は悪人退治だ」と信じ切っている風を装うべきであろう。

「猟師の知恵では、よう分かりませんが、世の中が少しでもよくなるなら、有難いことだと思います。手前のような者でもお役に立てるなら、一生懸命にお手伝いさせて頂きたく思います」

心にもないことを言い放ち、慇懃（いんぎん）に平伏した。

「そうか。そう思えるか？」

鳥居の表情が明るくなり、わずかに身を乗り出した。

「へえ」

（あ、そうか……）

一つ失敗をしていることに気づいた――千代だ。

（以前、千代さんに、この松濤屋敷が水野越前の下屋敷であることについて訊（たず）ねてしまった。あれは余計な一言だったかも知れねェな）

悔やんだが、覆水は盆に返らない。

（ま、いいや。考えても悩んでも仕方がねェ。なるようになる）

ただでさえ、女房の切支丹信仰という決定的な弱みを握られている玄蔵である。どうせ初めから負け戦なのだ。

我が身と家族を守るためには、水野と鳥居に抱き着くしかない。奴らの命に従おう。

撃たねば、殺さねば、自分と自分の妻子が死ぬはめになる。撃たれる標的が哀れだとか、人の道として如何かとか、考えても無駄だ。もう割り切るしかない。

（仕事が終わるまではそれでいいが、その後が怖いなァ）

十人の標的を撃ち終わるまでは、鉄砲の腕が必要だから、玄蔵も家族も無事なはずだ。ただ、仕事が終わった後に、口を封じられる恐れがある。

（事情に通じていれば、通じているほど邪魔になるだろうからな……今後は、あまり標的の事情を聞き質したりしねェようにしなきゃな）

深入りをせず、只々、十人を撃つことが肝要だ。

鳥居が去った後、多羅尾が立とうとする玄蔵を呼び止めた。

「おい玄蔵、恋女房からの手紙だぞ」

多羅尾が封書を差し出した。見れば封緘（ふうかん）はすでに切られている。顔を上げて睨むと、

「許せ。役儀だからな」

多羅尾はニヤリと微笑んだ。

──ま、手紙の内容ぐらい検（あらた）められるだろう。仕方あるまい。

ただ、希和は敏（さと）い女だ。多羅尾に読まれて困る内容は書いてこないはずだ。

早速に広げて読んだ。

見覚えのある、美しい手が目に飛び込んできた。玄蔵は貪るように女房の手紙を読んだ。

「貴方の無事と、貴方のすべての罪が赦されますよう、子供たちと三人で朝晩欠かさず観音様に祈っております」

と、文末には認められていた。

「その観音様とは、デウスのことを指しているのか?」

多羅尾が興味津々で訊いてきた。

「さあね。よく分かりませんが、隠れ切支丹はよく使うんです……観音様を」

観音様——おそらくは、キリストを産んだマリアとかいう女を指しているのだろうが、妻の手紙や信仰の内容を、多羅尾と共有する気にはなれなかった。

(俺の罪か……罪ねェ。罪なんだろうなァ)

鈴ヶ森で撃った少年の顔が脳裏を過り、玄蔵は深く溜息をついた。

「玄蔵殿、参る」

終章　邂逅

天保十二年（一八四一）閏一月三十日、幕府から先代将軍徳川家斉公の薨去が発布された。葬儀は二月二十日、二十一日にかけて挙行される由。しばらくは歌舞音曲や騒音が禁止された。「皆、静かに喪に服せ」ということだ。当然、火縄銃を放つことなどできない。

「葬式は二十日、二十一日ですね？」

「はい、そう聞いております」

玄蔵の問いかけに、囲炉裏端で繕い物をしながら千代が答えた。

（またとない機会じゃないか。その日が狙い目だな）

と、玄蔵は内心で目星を付けた。

先代将軍の葬儀ともなれば、上は老中首座や御三家から、下は徒目付や町同心に至るまで、幕府関係者はすべてそちらに掛かり切りになる。江戸中の耳目が、大御所様の葬儀に集まるのだ。自然、その他はお留守になる。中渋谷村の下屋敷の警護などは、二の次三の次の扱いとなり、かなり手薄になるはずだ。

（葬儀の緊張に疲れ果て、しかも翌日の葬儀にも備えなきゃならねェ。夜は誰も死んだように眠るだろうさ。忍び込むなら二十日の夜に限る）

そもそも危急の事態に備え、家臣の多くはお城近くの上屋敷に詰めているはずだ。

この屋敷も隣の屋敷も、中渋谷村の隣接した二軒の下屋敷には、留守居役が数名いる程度かと思われた。

水野家下屋敷の庭で、左耳を欠いた大狸を見た夜以来、玄蔵は機会を窺ってきた。

ひょっとして、もしかして、一月と少し前に連れていかれ、希和が手に持った蜜柑を撃たされた武家屋敷、玄蔵の妻子が捉われている武家屋敷とは——隣の紀州家下屋敷ではないのか——そう本気で疑っている。

根拠は幾つかある。

庭の植生が酷似している点、兎が生息している点、近所によく鳴く牛が飼われている点、それらに加えて、同じ狸が出没したのだ。狸の行動半径は、狐や狼に比べて極端に狭い。精々五町（約五百四十五メートル）かそこいらだ。玄蔵は手足を縛られて四半刻（約三十分）も移動した。おおよそ半里（約二キロ）の移動だ。そんな長距離を動く活発な狸を玄蔵は知らない。

四半刻の移動の間、彼が押し込められた駕籠が、屋敷の周囲をグルグル歩き回り時間を潰した上で、隣屋敷に入ったと考えれば、すべての辻褄は合う。

「ならば、当面鉄砲は撃てませんね」

「多分」

作業の手を止めずに千代が頷いた。

「悪人退治の方も、様子見でしょうか？」

「しばらくは、そうなると思います」

「なるほど」

それにしても。つくづく千代は、心を表に出さない女性だ。女忍として特殊な鍛錬を積んだ成果であろうか、もしくは生来の性質か。なまじ美貌なだけに、より冷たく、近寄り難く見えてしまう。愛嬌という言葉の対極にある存在、それが千代かも知れない。

「俺は、気砲を撃って鍛錬しときますよ。あれなら音がしねェし。鉄砲の勘を鈍らせないようにね」

「よいお心掛けだと思います。よろしくお願い致します」

千代が繕い物の手を止め、玄蔵を見ずに頭を下げた。

千代は是としてくれたが、本音を言えば鍛錬の意味と目的が若干違っている。玄蔵は当日、練塀を越えて隣屋敷へと忍び込み、闇の中で妻子を探し回らねばならない。その荒行に耐えられるだけの体力を育むための鍛錬だ。鉄砲の腕を維持するための鍛錬ではない。

「ついては、気砲を撃つのに、お庭を歩くことをお許し頂けませんか？」

ここで千代が顔を上げ玄蔵を見た。澄んだ美しい目だ。ただ、氷のように冷たい。

「私が御一緒してもよろしいですか？」

「も、勿論」

「それならば構いません」

できれば一人の方がよかった。練塀の崩れがある場所を探したり、隣屋敷の地形を調べたりしたかったのだ。ま、贅沢は言えない。決行は二月二十日の深夜である。もう後二十日しかない。千代に監視されながらにはなるが、寸暇を惜しんでしっかりと鍛えておこう。

「お見事にございます」

千代の笑窪を久しぶりで見た。十間（約十八メートル）離れた槇の枝に留まっていた鵯を、玄蔵が一発弾で撃ち落としたのだ。

「気砲は、ほとんど銃身が暴れない。動かない的なら、なんとか当てられます」

その鵯を撃ったのにはわけがあった。槙の木は小高い場所に生えており、落ちた鵯を拾いに行けば、自然な形で隣屋敷の内部が一部でも見渡せると考えたからだ。

「では、私が取って参りましょう」

と、鵯を回収に行こうとする玄蔵を制し、千代が身軽に駆け出した。彼女は、玄蔵の狩りに同道する折、いつも小袖に伊賀袴を穿く。スラリと伸びた脚や肉置きの豊かな尻に、つい目が行ってしまう卑しい自分を玄蔵は恥じた。

(希和と子供たちは、いつも俺の無事を祈ってくれている。なのに俺は、若い女の尻を眺めて脂下がっているんだ)

その後も数羽の小鳥を撃ち、猟嚢が膨れたところで撃ち止めとした。

「玄蔵さんは正直者ね」

池の畔の隠居屋に向かい、森の小径を辿る道すがら、千代がポツリと呟いた。

「え、なにが?」

玄蔵は足を止め、横を歩く千代を見た。千代も歩を止め、玄蔵に向き直った。

「だって、東側の高台の獲物ばかりを狙うんですもの。幾ら私が愚かでも、大体の察しはつきます」

「や、俺は……」

疾うに見透かされていたようだ。

「隣のお屋敷に、どんな興味がおありなの？」

からかうような目で、顔を覗き込んできた。

「……別に」

肩の猟嚢を背負い直し、また歩き始めた。千代も続いた。

「あんたの考え過ぎですよ。偶さか、あっち側に獲物が多かっただけだから」

「ならばよいのですが」

背後から囁くような声が追いかけてきた。


瞬く間に二十日が過ぎた。本日は天保十二年の二月二十日――新暦に直せば四月の十一日で、清明から四日ほどが過ぎている。庭には木蓮の花が咲き、夕餉の膳には筍や蕗が乗った。

早朝から先代将軍の葬儀が江戸城の内外で挙行されているはずだ。この二十日間の内に、隣屋敷の様子を少しでも下調べしておくつもりだったのだが、千代に邪魔されて、なに一つ調べられなかった。毎日、気砲を抱えて森の中を走り回り、夜は野鳥のつけ焼きを食べ、よく眠ったので、無駄に体力がつき、射撃の技術だけが向上したのは皮肉なことだ。

（情けねェ。すべて千代さんの掌の上で踊らされているようなもんだわ）

今夜の隣屋敷への忍び込みについてもそうだ。千代の監視の目を出し抜ける自信が玄蔵には持てなかった。

山で狩猟をするなら兎も角、人と人との駆け引き勝負では、玄蔵は千代に遠く及ばない。「どうせ無理だ」と、諦め半分の心境で床に就いた。

だが、夜半に目覚めた玄蔵は、隣室から漏れ伝わる幽かな寝息の音を聞いたのだ。

（千代さん、眠ってるのかな？）

まさかとは思ったが、どんな名人上手にも隙や失敗はある。

音を立てぬように、緩々と布団から這い出た。気配を消すのは――忍者ほどではないだろうが――猟師の心得の一つであり、得意分野だ。

襖に寄って聞き耳を立ててみたが、まだ寝息は続いている。

（よし、行けるところまで行ってみよう）

静謐を旨として身支度を整え、障子を開けて広縁へと出た。無論、鉄砲の類は持っていかない。得物と呼べそうなものは、懐に忍ばせた狩猟刀一本である。

今宵は二十日――更待月の頃だから、月の出は宵の四つ（午後十時頃）頃だ。歪んだような月は地平線から離れたばかりで、森の中はまだ墨を流したような闇に包まれていた。

この下屋敷に住んで、ちょうど二月が経つ。最近は毎日気砲を手に歩いており、森も道も障害物も大体が頭に入っている。ただ、練塀の向こう側は未知の土地だ。

（練塀を越えるところまではなんとかなる。問題はその後だ。何万坪もある屋敷の中で希和と子供たちの塒にどうやって行きつくかだな）

坂を下ると、練塀が闇の中にボウッと横たわって見えた。

（さあて、どこから越えるかな）

塀の高さは八尺（約二・四メートル）近くある。身の丈五尺五寸（約百六十五センチ）の玄蔵が手を伸ばしても壁瓦にすら届くまい。踏み台でも据えねば越えられそうにない。

（参ったな。初手から難渋かい）

塀に沿って歩いた。どこかに欠損部がないかと探したのだ。

ホウホウ。

すぐ近くで梟が鳴き、不意を突かれた玄蔵は凍り付いた。

（な、なんだよ。驚かせるぜ）

梢を見回したが梟の姿は見えない。声はすれども姿は見せず——まるで忍だ。

「お手伝い致しましょうか？」

闇の中から、くぐもった女の声がした。

「誰だ！」

またも驚かされた。懐の狩猟刀の柄を握り締め、声に向かって誰何した。

声の主は千代であった。声が違って聞こえたのは、御高祖頭巾で口を覆っていたからだ。全身黒装束で闇に溶け込み、姿が見え難い。

「隣屋敷に如何なる御用が？」

黒い闇が玄蔵に質した。

「猟師の片手間に、盗賊もなさるので？」

「あんた、どうせ全部知ってるんだろ？」

女に弄られて喜ぶ性癖はない。

「想像はしております。事実は存じません。貴方様から直接に伺いとうございます」

相手は女だが、空気で分かる。ここで歯向かっても、多分勝ち目はない。

「俺は、女房子供が隣屋敷に囲われていると睨んでる。だから会いに行く」

「会いに行かれて、その後どうされます？」

「逃げるつもりはないよ。女房と幼い子供二人連れて、幕府の役人や女忍から逃げきれるとも思えねェからな」

「では、御家族に会って、その後は隠居屋へ戻られるおつもりでしたか？」

「そのつもりだ。先のことは分からねェが、当面はあんたらの舟に乗ってみるつもりだ。悪人退治とやらも、しっかり相務めさせてもらうさ」

「本心ですか？」

「本心だ」

「騙されるのは嫌いです」

「猟師が騙すのは、山の獣だけだよ」

沈黙が流れたが、やがて――

「私の一存で御家族と会わせましょう。ただし、もし裏切ったら、貴方と御家族全員、お命を頂戴しますよ」

恐ろしい宣言だが、多分ただの脅しではあるまい。彼女こそ本気だ。

「あんたを、俺の方から騙すことはないよ」

「よろしい」

そう短く応じると、千代は先に立って歩き始めた。見失ったら大変と慌てたが、彼女の肩の辺りには、目印として掌大の白布が縫い付けられてあり、見失う心配はなかった。如何にも準備がいい。最初から、こうするつもりだったようだ。

やがて千代が歩みを止めた。

練塀にある小さな潜り戸の鍵を開け、そこから隣屋敷へ易々と侵入したのだ。

（なんだ鍵かよ。嫌になるね）

肩の白布にしてもそうだ。千代はなにからなにまで用意周到である。出たとこ勝負の勢いだけ――遮二無二突っ込んできた自分の軽さが気恥ずかしく思えた。

その頃になると更待月が東の空高くに上り、森の中でも、微かに目が利くようになってきた。千代に遅れぬよう、玄蔵は歩を速めた。

水野家下屋敷も随分と広いが、紀州家下屋敷はそれ以上に広大だった。木立の中に幾つか田舎家が立っている。まるで山里の風情だ。その中の一軒の前で千代は足を止めた。両手を組んで口に当て、ホウホウと梟の声を真似して鳴いた。聞き覚えのある鳴き声だ。

（なんだ。さっきの梟も千代さんだったのかい）

ホウホウ。

家の中から梟の声で返事が戻ってきた。

「こちらで、しばしお待ち下さい」

千代は家の中へと入っていき、すぐに出てきた。

「四半刻（約三十分）だけです。梟の声が呼んだら、どんなに名残り惜しくともこの場にお戻り下さい」

「分かった」

玄蔵は、千代をその場に残して、田舎家風の建物に歩み寄った。途中で歩を止め、振り返って見たが、千代の姿はすでになかった。

（ま、そうだろうなァ）

田舎家の雨戸はすべて閉められていたが、屋内には人の気配がする。雨戸の前に立ち、小声で呼びかけた。

「おい、俺だ。玄蔵だよ」

家の中でガタッと大きな音がして、その後しばらくは静寂が続いたが、やがてバタバタと複数の足音が雨戸に近づいてきた。

「本当に、本当に玄蔵さんなの？」

間違いない。愛しい恋女房の声だ。

「ああ、俺だとも。お絹と誠吉の顔が見てェ。早く雨戸を開けてくれ」

ガタッ。ガタガタッ。

雨戸が七寸（約二十一センチ）ほど開き、恐る恐る希和が顔を覗かせた。

「希和ッ」

「あんたァ」

雨戸が左右に開かれ、二人の子供が飛び出してきて、父親にしがみついた。

もういけない。

妻子に会ったら「ああも言おう、こうも言おう」と考えていたのだ。しかし、すべて吹っ飛んでしまった。家族四人はなにも喋らず、語らず、只々泣きながら抱き合い、互いの体の温もりを嚙みしめていた。

本書は、ハルキ文庫（時代小説文庫）の書き下ろし作品です。
企画協力　アップルシード・エージェンシー

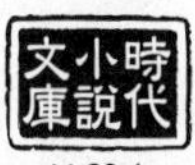

い 26-1

人撃ち稼業

著者 井原忠政

2022年10月18日第一刷発行

発行者 角川春樹

発行所 株式会社 角川春樹事務所
〒102-0074 東京都千代田区九段南2-1-30 イタリア文化会館

電話 03(3263)5247[編集] 03(3263)5881[営業]

印刷・製本 中央精版印刷株式会社

フォーマット・デザイン&シンボルマーク 芦澤泰偉

ISBN978-4-7584-4514-6 C0193

http://www.kadokawaharuki.co.jp/[営業]
fanmail@kadokawaharuki.co.jp[編集] ご意見・ご感想をお寄せください。